牧花者 赤染

「時间太長了，孤也遺忘了很多事情……」

彼岸的守護者，一直盡心盡力地試著以琴曲去渡那些被拘提在彼岸的罪妖亡魂。
臉上戴著遮住了眼部的銀白色面具，表現出來的性格十分溫和，彷彿永遠都不會生氣一樣，
嘴角總是帶著淡淡的笑容，給人如沐春風的感覺。
他的過去是一個很大的謎，一個連他自己也無法回答的謎，
安慈的爺爺似乎知道一些，但隨著爺爺的逝去，
現在已經沒有人知道赤染在成為牧花者之前的身分了。

鏡妖 緋蘭

天性害羞怕生，是個非常可愛的小蘿莉。
由於天生的缺陷所以無法生成腿部，一直都用長裙遮著，
因為這份缺陷，她如果想要移動的話除了爬行，就只能借助身上的彩帶抓取附近的固定物品進行飛移。
偷偷喜歡著紙妖，可惜目前暫時還是單相思，嗯，暫時。
特技：把鏡子哭破(!?)
專長：彈琴

紙妖 白禾

毫無反應，就只是個白目。
名為「白禾」，意外得到了青火重生的機會，為了報答這份重生的恩情，
決定將自己的後半輩子通通奉獻給安慈。
不知道活了多久，只曉得這廝似乎飽覽群書，
但真要到考試上陣的時候卻完全派不上用場，
對各國字母很感興趣，但後來得知他只是單純覺得那個筆畫很好玩而已。
特技：自體扭轉720度
興趣：玩紙、灑紙花、研究各式摺紙藝術，幫安慈綁雙馬尾。

三日月

三日月

輕世代
FW051
日京川 著
kiDChan 繪
青燈
貳

青燈

日京川 著

kiDChan 繪

青燈·楔子

「萬物之初，始於混亂。」

小時候，爺爺曾經這麼告訴我，用帶著敬畏與小心翼翼的口氣，「世間本無所謂正邪善惡，直到秩序出現方才有了評判，而負責評判的人，無論在什麼地方都有。」

那時的我剛開始學習如何玩陀螺，一邊替陀螺纏著繩一邊聽，我喜歡這樣聽爺爺說話，雖然有時候常常聽不懂，但是聽著聽著就會有種安心的感覺，爺爺的聲音似乎天生就有一種可以安撫人的感染力。

「所以小慈啊……」

「嗯？」

「不可以做壞事喔，」爺爺慈祥地拿過我手中的陀螺，替我將那纏得鬆垮垮的繩子重新紮實，「人在做天在看，就算你躲起來了不讓天看，也會有其他的『什麼』會看到的，萬萬不可心存僥倖。」

「唔……」我皺著眉，還不太靈光的小腦袋企圖理解爺爺的話語，「知道了，小慈會當個好孩子的，不會做壞事！」

我回答得很認真：「媽媽也有說過，要是做壞事的話，以後就會被很可怕很可怕的鬼給抓走，接著就會受到很可怕的處罰……所以小慈一定會當好孩子的！」

「呵呵呵，」爺爺把纏好的陀螺重新放到我的手上，然後拍了拍我的頭，「其實他們並不可怕，真正可怕的存在是不會去管你到底做了什麼事情的，更別提要耐心地勸人悔改了。」

說到這，爺爺轉頭看了看一旁栽種的花草，嬌嫩的花瓣隨風搖曳著，「每個人的心中都有一把尺，天地之間也有所權衡，可無論你以後遇到了哪一把尺，都要記得要將『理』給站穩了，畢竟情理法、法理情，無論順序怎麼調動，『理』字都是位在中間不變的。」

「小慈啊，你要當個有『理』的人喔。」

爺爺這麼說，而我的腦袋就跟地上的陀螺一樣轉啊轉的，很快地就連眼睛也跟著一起轉出了螺旋來……

「呵呵呵……」爺爺笑了，再次摸上我有些冒煙的腦袋，「果然還太小了啊，沒關係，先記著吧，總有一天你會明白的，而且說不定，你還會看到呢……」

「看到什麼？」

「這個嘛，看到什麼呢？」爺爺神祕的笑了，就跟過去每次玩猜謎的時候一樣，活像藏了什麼不得了的東西般，一副想讓我知道卻又捨不得立刻讓我知道的模樣。

「爺爺最討厭了，每次都不說清楚……」我這麼嘟囔著，撿起陀螺跑到一邊去悶悶地玩，藉此表達著我的抗議。

爺爺沒說什麼，只是笑笑的走過來陪小心，拿了另一個陀螺出來陪我一起玩，後來還拿出了一個非常大的特製陀螺，為了轉動它我必須拉著繩子用跑的才行，就這樣，我跟爺爺一直玩啊玩的，很快地就倦了。

爺爺把明顯睏著一雙眼的我抱回屋裡的躺椅休息，我打著哈欠，看著爺爺搬出了一張桌子，然後拿出了棋盤跟棋子。

「嗯？爺爺，小慈好睏了，不能陪你下圍棋了……」我矇矓的說。
「沒事，小慈就睡吧，這盤棋是爺爺準備等會兒要跟別人下的。」爺爺這麼回答我，接下來似乎還說了些什麼，但是愛睏的我沒能聽清楚，只覺得鼻尖飄過某種從未聞過的香氣，接著我就在這份香氣的包圍下進入了夢鄉。
耳邊響起了很好聽的琤瑽聲響，但當時年紀尚小的我無法確定那是不是琴的聲音，只知道這一晚我夢見了一片豔紅的花海，花海中有一個人坐在那裡用手彈奏著樂器，並用好聽的嗓子唱著歌。
「你是誰？」在夢裡，我疑惑地問道，「為什麼一個人坐在這裡唱歌？」
那個人沒有回答我，彷彿沒有發現我的存在一般，只是繼續唱著。
我對這片空間感到畏懼，一望無際的紅花給我非常大的壓迫感，但那人的歌聲卻安撫了我，如同爺爺的聲音般，讓我在這塊奇異的地方得到了平靜。
然後我睡著了，在夢裡，在這片連天空都被染成赤色的地方，輕輕地睡著了。
那個人是誰呢？我不知道。
只知道我醒來之後就把作夢的事都給忘了……
躺椅旁的桌上，擺著爺爺昨晚下的那盤棋。
黑子與白子不分上下，是平局。

青燈・之一　古琴

琴長三尺六寸五

下體扁平　上有狐形突起　底部為龍池鳳沼

上山下澤孕龍與鳳　網羅天地萬象是也

「呼哈……」

寢室裡，我一邊拿著阿祥買回來的午餐一邊打著哈欠，將便當放上桌後，我控著滑鼠收起本來在做報告的視窗，然後隨手點開了一個還沒看過的動畫檔案，接著就窩在椅子上美美的準備吃我本日的第一餐。

打開便當盒蓋，內容物是阿祥愛心快遞：什錦炒飯一份。

我滿頭黑線，沒算錯的話這是我最近吃的第十三個炒飯便當了。

「怎麼又是炒飯啊？」看著桌上的炒飯，我忍不住皺眉，雖然我對食物並不是很挑剔，但是……「我們已經吃了一禮拜的炒飯了耶！膩不膩啊你？」我發出了大抱怨。

對此，阿祥很敷衍的回答：「拜託，有得吃就不錯了，想想其他國家的那些難民吧！你今天還有炒飯可以吃還有動畫可以看就已經是天大的福氣啦！而且這幾天都是我跑腿出去買耶，炒飯也很好吃啊，不但送貨到府還很貼心的天天都幫你換口味呢，有什麼好不滿的？」

「你只是想看妹吧？」我冷冷的鄙視，換來了阿祥靦腆中帶著猥瑣的呵呵笑。

笑啥？嘴咧這麼大是怕別人不知道你牙齒白嗎？

對於阿祥的色心感到一陣絕望，明明跟他說過那個炒飯妹已經死會了，卻還抱持著把不到看兩眼也好的心態天天去報到，這種時候真該慶幸炒飯妹沒有在什麼四海豆漿之類的店裡打工，不然我可能三餐加宵夜都得吃飯糰蛋餅，珍珠奶茶也會通通變成豆漿。

想到這，我不禁搖搖頭，認命的開始吃這連日來的第十三個炒飯便當。

今天是假日，在成功引渡妖仙之後時間很快就過去了一個禮拜，這段時間裡我過得很平靜，平靜到我都快忘記自己頭上還有「青燈」頭銜這件事，打火機……我是說引渡燈火，那道青火跟靈光自那天晚上之後就再也沒出現過了，對此，我昨晚滿腹疑惑的問了青燈。

「不是說大概每三到五天就要『出差』一次嗎？」把青燈從打火機裡晃出來，我揪著她問，「現在都要過一個禮拜了耶，這樣算正常？」我該不會錯過什麼了吧？妖命關天，讓人不得不謹慎起來。

發現我凝重的神情，青燈很罕見地微笑了，最近的她表情越來越多樣，跟剛開始那種逼近顏面神經失調的死板樣比起來簡直是天差地遠。

『的確是正常的，安慈公多慮了，』她說，跟打火機差不多大小的身子輕飄飄地坐在我的手掌上，『所謂妖者歿之得百時，仙者殞之平千刻，一個地方若是有尋常妖者消亡，則該處百時之內將不再出現消亡，倘若殞落者為仙道，則千刻之內可保證該處的生機。』

當然這個理論僅限於自然死亡的範疇，如果出現什麼爭鬥殺伐或意外的話那就要另當別論了。

我有點聽不太懂，「這是哪裡來的潛規則啊？」

『潛？淺？規則就是規則呀，還有深淺之說嗎？』

青燈歪著頭，完全誤會了那三個字的意思，啊啊，是我的錯，就跟我有時候會聽不懂青燈那太過復古的用語一樣，青燈很多時候也會聽不懂這些比較現代化的辭彙，簡單來說就是代溝。

為了避免紙妖又給她灌輸什麼錯誤觀念，我一邊將旁邊突然高速飛起的衛生紙給拍下去，一邊將我剛才的話用更淺顯的方式表達。

「這所謂潛規則啊，就是大家都默認的意思，跟深淺沒有關係的。」

『嗯……原來如此，奴家受教了。』青燈說，接著就老樣子的翻出一本小冊子，右手拿起毛筆用舌尖舔了舔，非常認真的作了筆記。

老實說我覺得青燈沒有去做學者專家真的是太可惜了，如果她是人的話，憑這種認真的勁絕對可以在各個領域裡發光發熱。

等青燈作完筆記心滿意足的將那本冊子給收起來後，我才繼續了剛才的問題，然後得到了不算回答的答案。

『這點事情但凡妖者皆知呀，安慈公您不知道麼？』她眨著水亮的眼睛看著我說，最後還補了一記尾刀：『安慈公要更加用功學習才是，此等常識若是全然不知的話，可是會敗了吾等青燈之名的。』

我表示：「……」

看來這陣子的相處愉快讓這位青燈小姐忘了我只有半條腿踩在妖界上，對妖怪來說很理所當然的事情聽在我耳裡全都是初體驗，不得已，我很無奈的提醒青燈這一點，而青燈在呆愣了半晌後才反應過來。

『對不住，奴家一時忘記安慈公過去的所知所學都僅限於人界，對吾輩的世界一無所知也是應該的……』捧著雙頰，青燈的臉色有些羞赧，可那樣的神色只閃過一瞬，她很快就恢復過來，但是她並沒有直接跟我解釋的意思，只是旁敲側擊的敲打我：『奴家以為，安慈公在完成一次的引渡之後，應該已經對這樣的潛規則產生一定的理解了。』

聞言，我正了正臉色，隨口吐出一串頗有武俠小說風範的段子，「在下資質駑鈍，不比青燈姑娘的蕙質蘭心，還請姑娘高抬貴手提點一二，在下感激不盡。」說完，我還很入戲的看著飄在半空中的青燈拱手施禮。

青燈被逗笑了，旁邊的衛生紙也一整個風中凌亂起來，這讓我頗為鬱悶的摸了摸鼻子，「你們那什麼反應啊？」難得我心血來潮的想模仿一下青燈的語法來過過武俠小說的乾癮，居然這麼不給面子。

『安慈公還是做安慈公就好了。』青燈很含蓄的說，而衛生紙上則寫著「畫虎不成反類犬」幾個大字。

我能說什麼？當然是第一時間把那張衛生紙抓下來揉爛，順手擦了擦桌上的灰塵後扔進垃圾桶。

半晌，另一張衛生紙哭哭啼啼……我是說充滿水氣的從面紙包裡飛出來，顯然紙妖早在我把他拿去擦桌子的時候就趁機脫身而出躲到面紙包裡去了，別的不說，要論逃跑的速度紙妖還真是當之無愧的紙中霸主。

我惡狠狠的瞪著紙妖，只見那張衛生紙像是尋找掩護似的縮到青燈後面，以現在青燈的大小，一張衛生紙披上去就像穿了件太大的外袍般，紙妖還很有興致的弄了個腰帶從中紮起來，接著又撕了幾條衛生紙下來偽裝成彩帶飄飄……

……我不想去管這個白目到底想幹嘛了，還是假裝沒看到吧。

無視大法開啟，我虛心的跟青燈討教起來。

青燈在解答問題的時候很少會直接給答案，能讓我自己去想的就會讓我努力想，除非真的想破頭都想不到她才會直接明說，這種時候只能慶幸我的腦袋還挺好使的，不然就只能天天被當笨蛋了。

被青燈當作笨蛋那還沒什麼，讓我無法忍受的是被紙妖當成笨蛋，那會讓我的幼小心靈受到無可磨滅的創傷。

「也就是說，那些消亡的妖者們在接受青火的焚燒之後，散出來的東西會被其他妖道吸收……嗯，就像妖仙散掉的『道』一樣嗎？」經過青燈有意的引導，我得出了這樣的結論。

『是的，雖然成效沒有妖仙大人那般自主散去的好，但還是能讓附近的妖者們受益，』青燈點點頭，更進一步的說起來，『隨著道行的深淺，周遭的受益程度也會有所不同。』

「那妖仙這次大概可以讓我們休假……啊不，我是說，她這樣的舉動可以讓這裡平靜多久？」

『少說也有半個月餘吧。』畢竟是入了仙籍的大妖，又是自行散功的，效果跟青火的燃燒完全不是一個檔次。

喔耶！

我在心底用力的握緊拳頭，要不是怕引人側目，我簡直想高聲歡唱哈雷路亞。

昨晚的 replay 到此結束。

總之我得到了彌足珍貴的半個月休假，至於為什麼我會認為這半個月很珍貴，原因很簡單，只要用三個字就足以說明一切。

那是專屬於學生特有的試煉，如果無法跨過這一關的話就有很高的機率會墜入可怕的地獄，人人避之唯恐不及，卻又無法真的逃避，那恐怖又邪惡的三個字，世俗稱之為「期中考」。

說真的，要是在期中考途中突然來個什麼青火靈光，我還真不知道該怎麼辦，幸好現在得到了半個月的緩衝，我也就稍稍安心下來，至於期末考……只能祈禱上蒼不要太過捉弄我，不然我只好去暑修了。

想到我未來的寒假暑假都要背負著可能得回去補修學分的陰影，我只想去撞豆腐自殺。

『安慈公，撞豆腐是死不了的唷。』來自紙妖的溫馨小提醒，經過這一段日子來的心音對談，這廝好像接話接上了癮，讓我不得不斜睨他一眼。

「這叫做人類的幽默，」為了避免阿祥聽見，我很小聲地辯解道：「是一種很艱澀的比喻，身為一張紙的你是不會懂的。」

『這樣嗎？小生受教了……』

「嗯哼，儒紙可教也。」

唬爛完畢，我嚼著炒飯，以聊勝於無的心情看著電腦螢幕，剛才被我點選播放的動畫是阿祥塞給我的，主線劇情是圍繞著一個虛擬實境的網路遊戲打轉，主人公跟雜魚五四三因為一個奇怪的理由而被困在一款遊戲裡，為了要把這個遊戲破關重新回到現實世界而努力。

嘛啊……表面上是說要為了生存而戰啦，動畫裡的人物也非常認真，可不知為何，我總覺得這個男主角是來把妹的，砍怪只是順便而已。

嘴巴繼續嚼嚼嚼，我就這樣配著動畫把炒飯給吃完，其實感覺還不錯，動畫跟炒飯都是，一個休養大腦一個滿足胃袋，而就在我把飯盒用橡皮筋綁好準備要拿去丟的時候，紙妖躍上了盒蓋：

『安慈公，小生有一事不解。』

說。

『為什麼剛才螢幕裡的人在攻擊時要特地喊出招式名稱呢？』紙妖顯得很困惑，『一般的攻擊不是要做得越出其不意越好嗎？這樣把招都報給敵人知道了有什麼特別的好處嗎？』

呃……

「這叫做動畫的浪漫，認真就輸了。」最後，我只能含糊其詞地說，也不知道紙妖聽進去了幾分，反正他是安靜下來了，倒是阿祥這時一臉怪異的轉過頭來問我什麼是動畫的浪漫，對此，我的回答是惡狠狠的瞪過去，然後用力把空便當盒扔進垃圾桶裡。

阿祥摸摸鼻子縮回座位，「……好吧，明天不買炒飯就是了。」

「哼。」

「所以什麼是動畫的浪漫啊？」

「……吃你的炒飯啦。」我逃掉了這個話題，並且開始慶幸青燈平常白天時都在打火機裡睡覺，不然要是她跟紙妖一起發問的話我還真不知道怎麼唬弄過去。

飯後時光就是繼續報告的地獄。

雖然我覺得吃完後馬上開始做報告實在是妨礙消化，但是我也空不出其他時間去弄了，這不是因為我要撥時間去準備期中考，而是因為我晚上跟娃娃有約。

想起晚上的約會，我的嘴角忍不住微微上揚，而紙妖的身上則是有些遲疑的顯示出「蘿莉控」三個字，被我直接一掌拍飛出去。

「誰是蘿莉控啊？」我面色不善的說，紙妖身上的字立刻轉變成「愛惜紙資源，反對暴力」，讓我一陣汗顏。

是說這間寢室裡最不愛惜紙張的應該就是你吧紙妖大大……

我白了他一眼，接著就繼續跟報告奮戰，至於我跟娃娃的約定當然跟我是不是蘿莉控沒有關係，這個晚間約定其實只是娃娃為了答謝我讓她看到花，也為了感謝我成全了妖仙的遺願，所以決定幫我完成一項多年來的宿願而已。

事情就從我把洛神花萼埋入花樹下之後開始，當天的實際經過是這樣的，別看紙妖在那邊亂寫，且聽我娓娓道來……

鏡世界裡，琴聲悠揚。

那是跟時下的流行音樂完全不同的旋律，對現代的年輕人來說可能會覺得不是那麼合胃口，對我而言卻是一種享受。

雖然一直不想承認，但我長到這麼大了唯一拿得出手的專長叫做「古舞」，這類舞蹈主要是源自於戲曲跟武術，所以在學習跟練習的時候就會很自然地接觸到古風的音樂……嗯，也是有不少人會試著使用流行音樂作結合，但以我個人的觀點來說，我還是喜歡古色古香一點。

而在這樣長期的接觸下，我慢慢對這類型的音樂產生了偏愛，甚至有想過要自己下去學，但是在上大學以前我所有的課餘時間都被抓去跳舞了，而在大學之後……原本要去國樂社一償宿願的我卻被阿祥拖著跑的加入了系排跟系籃，所以……唉，不是不想，是心有餘而力不足啊。

因為這樣的緣故，我十分羨慕地看著娃娃那雙彈琴的手，心裡開始打著要向對方討教的念頭，就算只是教個入門也沒關係，能讓我學上幾手就好，這樣子以後想要繼續自學下去也比較有個底，至少不會像無頭蒼蠅一樣亂竄，鑽了半天還不得要領。

最重要的是，娃娃這一手琴音絕對是頂尖大師的等級，我從小到大聽了那麼多琴曲，其中竟然沒一個人能彈得像娃娃一樣好，這也算是妖者的優勢，成形之後的時間跟壽命硬是比普通人類多上十幾二十倍的，練習量自然就有所分別，更別說有些東西不是光靠練習就能得到的。

在娃娃的琴聲裡，我還聽到了時間，一種必須經過時間歷練過後才會有的東西，說不出是什麼，卻讓琴音顯得更有韻味。

「娃娃，這琴是誰教妳的呀？」在一曲結束之後，我忍不住這麼問。

『是宓姬奶奶教我的，這把琴也是奶奶寄放在這邊的，』娃娃說，手上寶貝的撫摸著琴身，『琴爺爺很好，雖然一直在沉睡著，卻也一直陪著娃娃喔。』

……啥？「琴爺爺？」我的目光不由自主地看向那把琴，這個，「難道說……這位是琴妖？」說到這我很努力的盯著琴看，可看來看去都沒有感覺到任何的生機，連一點點「活著」的氣息都沒有，跟世俗的死物沒什麼兩樣。

這讓我很困惑，畢竟我對於自己的眼力還是有幾分自信的。

好比說紙妖雖然是張紙，但我仍然可以在紙上頭感應到生命特有的活力，靠著這點多少能判斷出這張白目現在到底躲在哪，可在這把琴上頭，我只看見了死氣沉沉。

彷彿看出了我的疑惑，娃娃繼續說了下去。

『琴爺爺在很久以前因為某件事情而奏斷了心弦，無奈之下不得不進入沉眠，』娃娃靜靜的說，撫摸琴身的手看上去更加溫柔了，『奶奶說過，只要每天每天持之以恆地彈上幾曲，琴爺爺總有一天會醒來的。』

「這個，我雖然不太懂心弦斷掉的意義，但光聽也知道那是非常嚴重的傷，」我搔搔頭，不解的問道：「這種時候不是該安靜休養嗎？繼續彈他沒有關係嗎？」

『嗯？就是因為這樣才更要彈呀。』

「啊？」

『每位琴妖都可以依靠自身彈出來的琴音來進行自我療癒，一般情況下其實無須借助他人之手，可琴爺爺的傷實在太嚴重了，只能依靠外力……』娃娃的神情有一瞬間的難過，但很快又笑了起來，『所以娃娃每天都會彈琴喔，聽奶奶說彈得越好傷就好得越快，娃娃一路練習下來也算是很會彈琴了呢，繼續堅持下去，琴爺爺總有一天會好起來的！』

「喔喔……是這樣啊……」我還真是孤陋寡聞了，沉吟的來到鏡妖身前坐下，我好奇的比了比那把琴，「我可以看看嗎？」

『不行！』出乎意料的，娃娃猛力搖頭拒絕，嘴巴還噘得老高，『這個是宓姬奶奶交代下來的琴，說要好生保管照護的，在原本的主人來取之前不能給其他人碰！』

小鏡妖說著說著就一把抱起琴向後飄退了幾步，但是在看到我臉上的尷尬跟錯愕之後，她凝著眉思考了半忖，跟一旁的紙妖交頭接耳好一陣子後又重新飄回來，掙扎猶豫了幾分後，她小心翼翼地把琴遞過來。

我被這兩秒內的變化給弄矇了。

「呃，不是說不能給其他人碰嗎？」

『是這樣沒錯，可是……』眨著大大的眼睛，娃娃有些羞赧的露出了微笑，『如果是安慈公的話，可以喔……』

轟！

看著娃娃那澄澈的眼神，我的大腦在這剎那間被秒殺了，還附帶心跳加速的效果。

這這這、這種在謎動畫裡會出現的名臺詞究竟是……啊啊啊對不起！我對我那一瞬間閃過心底的不潔念頭懺悔！我對全世界懺悔！請原諒純情少男的反射性思考跟腦內補完！

對不起我錯了啊啊啊！（痛哭流涕）

『安慈公？』一個可愛小蘿莉外加一張紙同時發出疑惑，為了維持我一貫的正面形象，我故做正經的咳了咳，並且企圖轉移話題。

「妳剛才說到這琴正在等人來取，那他原本的主人是誰啊？」

『這是那個人的琴。』娃娃很莊重的說，神色肅穆。

「……什麼那個人？」能不能說清楚點啊？

『就、就是那個人啊！那個！』小鏡妖很努力的解釋，可是支支吾吾的，最後只能不停的強調「那個」兩字。

是說，什麼這個那個的，這樣講誰聽得懂啦！就在這時候，我發現到青燈的臉色有些不大對勁，她一直都很安靜的坐在一旁看著我們打鬧，現在卻出現了其他的表情，難道說……「青燈，妳知道是誰？」

一時之間，在場的人全部轉向青燈，這讓她難以保持沉默。

『是妖都知道，但奴家無法明確地告訴您那是誰，因為那一位並非吾等可以隨意對外言說之語。』她說，神情恢復成青燈該有的平淡。

聽到這樣的回答，我再次的矇了。

哇哩咧，難道妖怪也學哈利波特一樣，對於懼怕的對象都用這個那個來表達嗎？噢，等等，應該不是單純的懼怕，因為從娃娃的臉上我還感受到了敬意，紙妖也是，打從聽見娃娃使用「那個人」這種描述法時，他就停止手上灑紙花的動作。

看來這個佛地魔……不是，我是說，這把琴的主人很不尋常，綜合觀察所得，那該是個讓妖者們又敬又畏的大人物。

「真是令人好奇……」看著青燈再看看那把琴，我不自覺的說道，有些期待青燈可以多告訴我一點，但她的模樣很明顯是欲言又止，小嘴張啊張的最後卻還是閉了回去，可能是覺得現在說了我也不懂吧。

沒關係，所謂沉默是金嘛，不說也沒差，反正等到該知道的時候我就會知道的。聳聳肩，我頗為豁達的想。

「先不說這個，娃娃，我有件事情想請妳幫忙，」有些忸怩地，我不太好意思的搔搔臉頰，「算是個不情之請啦，妳不答應也沒關係，我就只是問問……」

『安慈公請說。』

「就是……」深吸一口氣，我很期待的看著她：「妳可不可以教我彈琴啊？」

語出，娃娃先是一愣，『安慈公想學琴？』

「想啊，」正確來說是想接觸這類型的樂器，只是一直苦無機會，既然現在有個現成的導師擺在眼前，那說什麼都要問一下的，「妳願意教我嗎？」

『如果安慈公覺得娃娃能夠勝任的話，那麼這裡當然不會拒絕您的請求，』娃娃可愛的笑著，輕輕對我福了一禮，『作為對安慈公的感謝，娃娃會盡力將此身所學傳授予您。』

她這麼說道，然後在我有些手足無措的回禮下，事情就這麼決定了。

因為如此所以這般，今天晚上起就會是我開始接觸古琴的第一課！想到終於能夠實現長久以來的夢想，我的心情何止是激動兩字可以形容的，這是多麼珍貴的時間啊，如果不是因為期中考逼近導致系排系籃都暫時停止活動，我可能連這點時間都排不出來。

所謂天時地利人和大概就是這麼回事。

一邊做著報告，我腦內喜孜孜地想著。

「安慈，你又在想班代了喔？」突然，阿祥那總能完美破壞氣氛的話從天外飛來，一時之間讓我有些反應不及。

「啊？」什麼班代？「我在做報告耶，跟班代有什麼關係？」

「因為你剛才的表情看起來很噁心啊，」他正好要離開座位將手上的空便當盒拿去丟，所以把我剛剛的表情看得一清二楚，「就跟每次考試時你從後面偷窺班代的那臉猥瑣一模一樣，我的眼光絕對不會錯。」

「……那是你的錯覺。」我抹了抹臉，僵硬的回了阿祥這句話，「還有，我那表情怎麼也不到猥瑣的地步吧？幹嘛講那麼難聽……」活像我是什麼變態一樣。

「我以為這是大家默認的中肯評價。」阿祥顯示為震驚，手上很配合的一鬆，空便當盒穩穩地掉進垃圾桶裡，空心。

「哼，話不投機半句多，回去做你的報告吧。」生硬地結束這個話題，我老樣子的跟阿祥又抬槓了幾句後，寢室才重新回歸寧靜，只剩下敲打鍵盤的聲音有一下沒一下的響起，這是兩人說好的，平常可以用喇叭沒關係，但是到了做正事的時候如果想聽音樂，就得戴上耳機免得妨礙到他人。

所以我們兩個在等到雙方吃完飯後就都很有默契的戴上耳機，同時進入報告模式。

不過雖然進入了報告模式，我的心思卻不在報告上，而是被另一顆大石給占據，那是在阿祥無意的提醒之下猛然浮上檯面的超大問題，之前一直被我刻意的忽略掉，這大概就是人之常情吧，在遇到不知道該如何解決的事情時，總是習慣先逃避再說。

可逃得了一時逃不了一世。

班代她是個見鬼者，通俗點來說，就是有陰陽眼。

這事不是我逃避之後就會自己變不見的，而且在發現紙妖的存在之後，班代她會用什麼樣的眼睛來看我呢？當然，以她的個性應該是不會隨便跟其他人說這種事情，所以我並不擔心會曝光什麼，但只要想像她以後可能會有的目光就讓我覺得一陣壓力山大。

再想到紙妖會趁我上課的時候跑過去騷擾人家，那個壓力就不只山那麼大了……想到這裡，我不禁在心底發出細微的呻吟，液晶螢幕上還在製作中的ＰＰＴ突然變得越來越刺眼，刺到我有些頭昏目眩的程度，本來晚上就可以去娃娃那邊學琴的好心情也跟著陰鬱起來。

『安慈公可是在單相思？』就在我壓力已經變成海那麼大的時候，紙妖很不會看氣氛的出現在我貼在螢幕前的便利貼上，『是哪家幸運的姑娘家呀？小生可以幫忙傳遞情書喔！』

傳遞個屁。

『放心啦安慈公，正所謂橋到船頭自然直嘛！沒問題的！』紙妖很認真的在替我打氣，對此，我只是冷冷的看過去，接著非常淡定的在電腦上打字。

是船到橋頭。

我輸入了這五個字，雖然阿祥戴上了耳機，但是一個人碎碎念難保不被聽到什麼，所以在平常時候我跟紙妖除了用筆談之外就是用這種電腦談，他顯字在便利貼上，我打字在電腦上。

『咦？不可能！明明是橋到船頭啊！』紙妖的虎軀一震（其實也就是便利貼迎風飄了幾下……），充分的表達出他的震驚，『小生估狗過的！絕對不會有錯！』

靠！

我忍不住在螢幕上打出髒話，接著提出了我的強烈質疑：你懂得怎麼用估狗？

略懂

便條紙顯得意氣風發，這兩個字不但加大加粗還自帶花邊，『所以是橋到船頭沒有錯！』

沒錯個鬼！

我飛也似的移動著我的手指，憤怒地在鍵盤上敲打著：橋是要怎麼到船頭上啦！還自然直咧，明明就是船到橋頭！

『可是那些大船上明明就有很多橋啊！可供人上上下下呢！』

那個叫做階梯！

很用力的爭辯著，到最後為了證明我的論點，我利用了跟紙妖辯論的空檔點開估狗頁面，將那段錯誤的「橋到船頭自然直」給打上去，結果沒想到按下搜尋之後居然還真的跑出了一大串搜尋結果……

我整張臉都綠了，紙妖則是非常歡快地飄來晃去。

『看吧看吧！小生沒有說錯啊，真的沒錯！』

屁啦！仔細看好不好，網頁上頭說這個是錯的！

看著紙妖的洋洋得意，我不甘心的打著字，緊接著將正確的船到橋頭給打上去，火速的按下搜尋。

幼稚的文字戰爭就這樣在螢幕與便條貼的你來我往之下展開了，最後的結果當然是真理必勝，落敗的紙妖自己從便利貼跳出去，隨便找了張紙依附之後就捲成一團滾到旁邊去了，還自帶碎紙灑落營造出陰風慘慘的效果。

託他的福，我心裡的陰鬱散去不少，雖然班代那邊的問題依舊存在，但是被紙妖這麼鬧過一場後，突然就覺得這也不算是什麼太大的問題，用平常心去面對也就是了。

自我開解完後，再看到一旁正灑著小碎紙的紙妖，這個……「你該不會是故意的吧？」我輕聲問道，接著就看見紙妖突然把自己拉直站起，接著就跳到一艘不知道什麼時候摺出來的紙船上，手上舉著一把小旗子，上頭開始顯字：

『好事不留名～吾欲乘船歸去～』

見狀，要說我心裡沒有半點感動那是不可能的，但是，「紙妖。」盯著那艘精美的紙船，我出聲喚道，可對方沒理我，繼續在那邊裝瀟灑，紙旗子上的字像跑馬燈一樣緩緩變換。

『壯士一去兮～』

「下一句不是那樣接，還有，你那張船是用什麼紙摺出來的？」

『喔，就是旁邊那一疊。』

「那是我上午才印好的報告。」

『……』

「……」

『……小生告辭！』

辭你妹！

我一掌朝那迅速飛竄的紙船拍下去，直接把紙妖這個白目鎮在我的五指山下，力道之大讓戴著耳機的阿祥都無法忽視的轉過身來。

「安慈，你在幹嘛？」

「沒什麼，只是夏天到了蚊子多，我剛剛又殲滅了一隻。」

「喔？又是蚊子啊？怎麼這幾天老是看你在那邊殲滅蚊子……」阿祥沉吟道，而我不敢告訴他那些所謂的蚊子其實都是在說我手上的某張白目，「要不要我今天晚上去買個滅蚊香回來用用看？」

「好啊，」我說，手中把那艘已經不成樣的紙船揉過來又揉過去，「我記得家樂福就有在賣，你隨便挑個喜歡的牌子吧。」

「知道了，回來再跟你算錢。」

公用物品都是平攤的，所以我很自然的點頭，「沒問題。」然後用拳頭隨意地把我手中那個紙團給搥扁，就像在搗麻糬一樣。

『安慈公好過分，把小生弄得皺巴巴的……』

活該，誰叫你要亂動我的報告，跟你說多少次了，只准玩那種全白的紙張，不准動上頭有字的，講不聽耶！

隨手把掌中的紙團丟到一旁，我淡定的打字，然後便條貼上又出現了紙妖委屈的發言。

『那幾張離小生最近嘛……』

不知悔改，想再被揉一次嗎？

『小生知錯！』丟下這四個用八級字體寫下的渺小道歉，紙妖飛也似的躲進衛生紙盒裡。

「哼。」超沒誠意。

我嘟囔著，手上就要去按掉估狗的搜尋視窗，而就在準備按掉的同時，我突然想到一個新的問題。

正所謂工欲善其事，必先利其器，既然我決定以後晚上有空都要去跟娃娃學琴，那麼是不是應該想辦法去找一張練習琴來呢？想著想著，我的手已經離開了滑鼠，慢慢地在估狗搜尋上打出了「古琴」兩個字。

娃娃要教我的琴是為七弦琴，也稱瑤琴，我有些忐忑的按下了搜尋，「希望找得到啊……」我這麼小聲祈禱著，接著就看見搜尋頁面幫我找出了一堆古琴的介紹，本著多了解一分也好的預習心態，我挑了幾個網頁開始看了起來。

只看文字難免有些乏味，所以我還看了圖片搜索的結果，然後出現了大批大批的照片，看得我有些眼花撩亂，嗯，古琴不愧為流傳已久的中國文化，資訊量真是多的驚人。

「嗯嗯，古琴為四藝之首……」我就像張白紙一樣的吸收網頁上的資訊，途中被一個又一個關於琴的基礎知識弄得頭昏腦脹，看了半天才看出所以然來……唉，我雖然會聽琴曲，卻完全不懂琴啊。

繼續看下去可能看到晚上都看不完吧。

我有些茫然地看著那些網頁，最後決定把這些資料挪到以後再看，現在還是先找找哪裡可以買琴比較實在。

想到這，我立刻開新視窗挑了個拍賣平臺，在上頭打出古琴兩個字，結果卻跑出一堆的琴譜跟ＤＶＤ教學還有ＣＤ……

……這讓我立刻在古琴的後面追加搜尋條件：仲尼式。

這是古琴的其中一種外觀樣式，才看了幾個介紹網頁的我當然還分不出哪個造型是哪個，也不懂這些樣式跟音色有多大的關連，只是在剛剛粗略的流覽下大概知道有這個樣式名稱而已，會隨手把這個搜尋添加上去的理由很簡單，因為我覺得只要打上「仲尼式」這三個字，跑出來的結果就會是琴而不是琴譜了。

多了追加的搜尋條件後，果然順利搜尋到我要的古琴了，只是在看到價格的瞬間我覺得有一盆冷水從我頭上嘩啦啦的倒下來。

嘶……

我倒抽一口冷氣，雖然一直都有「樂器絕對不會太便宜」的心理準備，但是這個不便宜的程度還是大大的嚇到我了，我只是個窮苦的大學生，為了心臟的和平與安樂，我幾乎是一秒就把拍賣的頁面給關了，因為這樣的關係，我沒看到後面幾頁其實有我負擔得起的初學者練習琴，等我知道的時候已經是好一陣子的事了。

「嗯，還是請娃娃幫忙想辦法吧，」我想她應該看過不少琴，到時候請她挑一把複製出來借用一下就好，只是……「鏡世界裡的東西能帶出來嗎？」

『不可以喔，』突然，躲去衛生紙盒裡的紙妖重新跑回便利貼上，『鏡世界裡變化出來的東西都是虛影，只能待在裡頭，無法存在於人世的。』

「噢……」這樣看來，如果想在外頭彈琴的話還是得存錢去買一把啊……

我沮喪的垂下頭，看著鑽進發票帳單集中箱的紙妖，默默心疼起自己未來會變得乾癟癟的錢包，唉，既然暫時沒辦法自己買一張琴，那麼聽一點古琴曲當作業用背景音樂也不錯，當作是心理安慰吧！

這麼想的我在關掉拍賣頁面後，隨手上網搜尋了幾個曲子開始播放，其實很好找，視頻網站上有很多大師級的演奏視頻，找對清單按下連續播放就可以了。

耳機開始傳來陣陣的琴聲，我在這份琴音下繼續了我的作業報告，悠揚的樂曲有時是獨奏，有時是合奏，其中以琴簫之間的合奏是我最喜歡的，聆聽著這些音樂，心情也隨著平靜下來，就在我的心思因為琴音而徹底寧靜下來時。

腦中閃過了某個紅色的畫面。

「嗯？」

那是一片紅色的花海，有個男人坐在深紅之中撫琴而唱。

我的雙眼頓時失去了焦距，彷彿看進了自己腦海中的畫面般，視線直直地穿透了眼前的螢幕。

耳機傳來的琴音逐漸被畫面中的琴曲蓋過，男人的口中唱著我聽不懂的歌詞，鋪天蓋地的紅花給我強烈的壓迫感，我覺得我似乎在哪裡見過同樣的畫面，聽過同樣的歌聲……

……你是誰？

我下意識地在心底這麼問了，但是對方沒有回應我，只是繼續唱著那帶著安撫力量的歌，紅色的畫面在我問出這句話之後，很快地如花瓣飛散般崩解，視線重回光明，眼前依舊是我的電腦螢幕，只是螢幕上頭的報告，被我下意識地打出了三個字。

——你是誰

連問號都沒能來得及放上去，這三個字讓我確定了剛才看到的東西不是幻覺。

那是什麼？難道又是跟青燈有關的預視？

耳機裡的琴音在繼續，我疑惑的拿出打火機想要把青燈搖起來詢問，可就在這時，我的眼瞳忍不住放大了。

因為我看到打火機上，迸出了紅色的火光。

琴聲繚繞，

在火光之中，我彷佛想起了某個被我遺忘的夢境，

或者，那並不是夢……

青燈・之二　紅華

琴風起　紅花舞
如火狂燃　如心鼓弦

紅色的火光舞動著，我愣愣地看著這份光芒，看到那份豔紅的火光不住變換，最後形成了一朵紅花的模樣。

「……彼岸花？」雖然對花卉沒有什麼研究，但是這種大名鼎鼎的花種我還是認得出來的，這朵由火焰勾勒成的紅花在我手上搖曳著，腦中，方才一閃而過的畫面再度湧現，我似乎又看到了那一片赤紅花海，還有那個背對著我撫琴歌唱的男人。

對了，那片花海裡頭的紅花，每一朵都是我手中的這種曼珠沙華。

我見過這個，這片紅花這段琴聲還有那個清冷的背影。

是在什麼時候見過的呢？

歪著頭，我摘下耳機，忘了一開始拿出燈火的目的默默思考起來，就在我快要捕捉到腦內的記憶時，手中的燈火突然起了變化，原先豔麗的紅花逐漸扭曲變形，像是有東西企圖從花芯中掙脫一般，眼前呈現出空氣在受到高溫燒灼時會出現的歪斜感。

紅花變了形狀。

尖細而帶著微彎弧度的花瓣不停顫動著，豔麗的紅花在眨眼間變成了可怕的利爪，猙獰地開闔著，花蕊的位置裂開了一個小縫，裡頭有腥紅的眼珠夾著黏膩的血絲翻出，那是顆帶著濃濃的輕視與某種說不出來的惡意的眼珠，此時正肆無忌憚地看著我，彷彿下一秒就會撲過來將我吞食殆盡——

『——安慈公當心！』

清澈的聲音伴隨著一杖飛揚的火光發出，本來待在打火機裡頭睡覺的青燈不知為何衝了出來，先是將我從呆愣的狀態中驚醒，接著就一杖往那道紅色的火光揮了過去。

燈杖上燃著燈火，不過那並不是引路的青火，而是青燈以自己本身的力量燃起的火光，此時正蓄滿了力朝那朵已經變得猙獰非常的「花」大力擊去！

在那一瞬間，我覺得自己好像看到了傳說中的慢動作格放。

明明是電光石火間的事情，我卻覺得好慢好慢，慢到我能夠清楚的看見青燈的燈杖砸上去時散出的火星子，看起來明亮美麗的火光實際上有著超乎想像的溫度，那隻眼睛被青燈一杖敲下後發出了活像肉片扔上熱鐵板的聲音，原本光滑的眼球表面瞬間起了泡，吱吱作響的，那吃痛扭曲的模樣讓我忍不住向後縮了縮。

本以為這樣就解決了，可沒想到這眼球像要洩憤一樣，由花朵變幻出的利爪惡狠狠地朝著我抓來，我是很想像青燈一樣隨手弄出個燈火然後跟對方硬碰硬，但我畢竟只是個沒經歷過什麼大風大浪的死大學生，因此在這緊張的當下我所能做出的最好反應就是……

……抄起桌上的原子筆用力朝眼珠子中心插下去！

噗嘰！

有點噁心的聲音伴隨著火焰消散的輕煙響起，我愣愣的看著自己手中的原子筆，老實說我真沒想到光憑這玩意就能戳爆那顆眼珠，想到剛才那顆眼睛的凶狠氣息，我忍不住一陣後怕。

青燈面色凝重地飄浮在打火機的火口上，紙妖這個時候才慢很多拍的附在衛生紙上飄過來，場面有點僵硬，我偷偷轉頭看向身後，很好，阿祥戴著耳機很專心的在做報告，並沒有發現我這邊發生了什麼事，這讓我稍稍安心下來。

回頭看到手中的打火機，我不太踏實地用原子筆戳了戳那個出火口，就是這個地方剛剛噴出了火、幻出了花，然後從那朵花的花蕊中心長出了眼睛，花瓣變成了利爪朝我襲來，這不管怎麼想都很不對勁。

「青燈，剛剛那是什麼？」心有餘悸地，我看著青燈尋求解答，而這次青燈沒有賣關子，很直接地告訴了我答案。

『……是掠道者，』她說，嬌俏的小臉上布滿冷霜，『本以為今次不會出現的，沒想到還是沒能避免，此等狡詐之徒，為何總是無視先輩散道的苦心……』

啥？什麼掠道者？

拿著打火機，我的雙眼有些發直，腦中莫名地升起了一串經典名句叫做是：「你不去找麻煩，麻煩也會來找你。」

看著青燈那緊皺的眉頭還有旁邊一樣皺巴巴的紙妖，我的預感告訴我接下來將要聽到的東西可能會很不妙，可就在我已經抱著一種慷慨就義的心情準備聆聽青燈的講解時，她卻提著燈杖看了看我的身後。

『這事說來話長，安慈公的居所也不是適合議論此事之地，』她淡淡地說，眉心的憂慮讓我看得心底直打鼓，『待去了鏡世界之後再做說明吧，也請安慈公做好心理準備。』

啥？

心理準備？又要心理準備了嗎！

聽到青燈這麼說，我的頭立刻痛了起來，「不是吧，才剛慶幸可以得到假期呢，怎麼又突然迸出這種狀況……」頗為傷心地說道，而青燈像是沒聽到我的哀怨一樣自顧自的提著燈杖化為輕煙飄了回去，而紙妖則是巍巍顫顫地飛過來。

『**莫急莫慌莫害怕，安慈公，小生會保護您的！**』

我才不希罕。

鄙視地白了紙妖一眼，儘管紙妖特地選用了一款非常慷慨激昂的字體，但不管文字本身多有魄力，寫在衛生紙上的感覺就是很沒誠意，而且我也不需要一張衛生紙來保護我，這種一戳就破的東西完全沒有說服力。

隨手把紙妖拎回桌面放好，我繼續回想剛才的事，那個突然出現的紅色火焰跟後來變異出來明顯帶有惡意的眼球，感覺上就是衝著我來的，根據青燈的說法可以知道那個眼睛叫做「掠道者」，聽起來就很像某種小偷的稱呼，可這個小偷跟青燈之間又有什麼關係啊？苦惱的看著打火機，我一整個丈二金剛摸不著腦袋，這種事情也沒辦法靠估狗大神得到解答，什麼？你說可以去問紙妖？

嗯，我並不是歧視紙張，但是各位看官還請捫心自問一下，如果是你的話你會去請教一張衛生紙嗎？我想應該不會吧，所以我也不想問，重點是紙妖這傢伙實在太不靠譜了，與其問他我不如乖乖等晚上的青燈解答篇。

『安慈公好過分！』竊聽到我內心的鄙視，紙妖噴出了很多張衛生紙表示抗議，『小生好歹也接受過長期的文化薰陶！一般的問題是難不倒小生的！』

是喔是喔，好厲害喔給你拍拍手……

我很敷衍的點點頭，戴上耳機，先將青燈的打火機給收好，接著隨手把滿天亂飛的衛生紙給拍下來之後就繼續了我的報告，「不跟你抬槓了，我現在要卯足火力把這份報告做完，這裡發派一個重要任務給你，就是快點把我上午那份報告恢復原狀，不然別怪我把你摺成垃圾桶拿去裝紙屑。」

語出，紙妖立刻如驚弓之鳥般飛躍起來，似乎對於我的垃圾桶刑罰感到畏懼，他飛快地將那張被摺成紙船的報告給拆開，並且叫出一張全新的紙張開始做複印動作。

不得不說，軟硬兼吃的紙妖在很多時候都是很可愛的，只要他不白目的話，真的是非常的可愛。

看著紙妖小心翼翼地在恢復我的報告，又一次，我心裡的負面情緒重新淡了下去，剛才的紅花利爪鬼眼珠突然變得不再那麼困擾我了，這還真是多虧了紙妖啊，不過為了避免這傢伙又白目起來，所以感謝的話我就不說了。

「嘛啊，順其自然吧，」反正晚上就會知道答案了，現在的我只要努力去做可以做到的事情就好，我這麼想著，調整好自己的心態之後重新將注意力放到ＰＰＴ上面，「唉，報告啊報告，為什麼你要叫做報告呢……」

嘴巴上這麼抱怨著，但其實我知道，還能坐在電腦椅上埋怨教授埋怨功課的時光是很幸福的，尤其在接下引渡亡妖這份差事之後，我可以說是用感恩的心情在面對報告了，因為它讓我覺得我還是很普通很平凡的。

『安慈公，這樣算是自我安慰嗎？』

「……說真的，你是不是沒事就在偷聽我的心聲？」我瞪向紙妖，對於三番兩次被紙妖接話感到疑惑，「坦白從寬，話說在前頭，要是之後被我發現你在誆我……哼哼……」我手上做了個揉爛的動作，威脅意味濃厚。

話一說完，我就看見有兩三張靠在一起的衛生紙同時抖了很大一下，『小生、小生只是有研究過一段心理學……』

「嗯哼？心理學？你以為我的腦袋跟你一樣是用紙糊的嗎？」我對這個理由嗤之以鼻，「我承認用心聲對話很方便，但最初我也跟你說過，每個人都有隱私的，除了主動發聲找你的場合，其他任何時候你都不該竊聽別人的心底話。」

『那個、安慈公您先別生氣，小生可以解釋的……』衛生紙有如秋風落葉般的挪動過來，飄一步抖三下的，紙妖很難得的沒有在字體旁邊加花樣。

「所以你是承認了？」

『……對不起。』

「很好，」摩拳擦掌，我面色不善的看著那些衛生紙，冷冷地說，「做好覺悟吧。」

『別別別！』特大號不知道幾級的字體蹦跳出來，只三個字就耗去三張衛生紙，紙妖驚慌地解釋起來，『小生只是在關心安慈公的心理健康，絕對沒有其他意思的！』
什麼時候我需要一張衛生紙來關心我的心理衛生了？
一個快手將紙妖捏住，不知為何，每次我有心要抓住這隻白目的時候，他都不會想辦法隱遁到其他紙張上去遠走高飛，而是乖乖地落到我的手裡被捏著……敢情這張紙還是個M？
『小生才不是！』我手中的紙抗議地扭動起來，這讓我驚訝了一下。
「你還知道什麼是M啊？」這還真是出乎我的意料之外，但在意外之餘我還是很憤怒的，因為……「你小子又偷聽！才剛說了不准亂聽的你還聽！」朽木不可雕也！「這次絕不能便宜你了！」
『等等等、等一下啊安慈公！小生需要不被打斷的自由五秒寫字時間！』
「寫！」我說，而在這一聲許可令下，數張衛生紙同時被紙妖調過來，粗略估計大概有兩包左右的分量，接著就是大把大把的字如雨後春筍般冒出。
不要問紙妖五秒鐘可以寫多少個字，那是正常人無法想像的領域，不要知道對心臟會比較好。
密密麻麻的字出現在衛生紙上頭，看著那堆字，我強烈的覺得准許紙妖得到五秒自由寫字時間的我是個白痴，這根本是拿石頭砸自己的腳，為了避免紙妖強迫我把那堆長篇大論的解釋給看完，我在五秒結束之前制止了他滔滔不絕的顯字。
「寫重點，我很忙，晚上還要去娃娃那裡。」忍著把手上衛生紙給撕爛的衝動，我不著痕跡的把準備用來印報告的紙張收到另一邊去免得遭到魚池之殃。

『可是小生寫的全部都是重點……』紙妖頗委屈的寫道，而我開始把它所在的衛生紙按照垃圾桶的規格摺起來，『啊啊啊請不要這樣！安慈公！小生真的只是關心安慈公啊！』對於這樣的辯解不予理會，我非常淡定的繼續摺下去。

『呀啊啊！不！不要把小生摺成垃圾桶！這個、這個……其實是青燈拜託小生聽的啦！』

「咦？」青燈？看到這個詞我忍不住停下了雙手的動作，「你騙人，栽贓嫁禍是要付出雙倍代價的。」我會把你摺成兩個垃圾桶。

『沒有沒有！安慈公請相信小生啊！』衛生紙儼然化身為濕紙巾，說真的捏著一張撕不破又溼答答的衛生紙感覺實在不怎麼好，但是為了避免紙妖逃走我還是得繼續捏著，『小生絕對不會欺騙安慈公的！』

唔，這倒是，雖然白目了很多點，但是在很多地方紙妖都沒有騙過我。

但是說青燈指使的……總覺得有點難以置信啊，「青燈她真的這樣拜託你？拜託你偷聽我的心聲？」

『嗚……這本來是機密的……完了完了，青燈大姐要是知道了肯定會燒掉小生的……』濕紙巾上充滿著糊掉的字，我很勉強才辨認出來，這，難道還是青燈用火焰威脅你來偷聽的？我呆愣在座位上，而紙妖則繼續在那邊哭訴。

『安慈公您要保護小生啊嗚嗚嗚……青燈大姐說到做到的小生一定會被燒完一張再燒

下一張的嚶嚶嚶……（後面的字糊成了一團，無法辨識）』

老實說我很難相信這一切都是青燈的指使，但看到紙妖這副沒出息的樣子，卻又覺得不相信他的話有點可憐。

「別哭了，」無奈地，我放下溼答答的紙妖，示意他換一張乾爽的紙，免得顯示出來的字通通糊成一片有看沒有懂，「青燈為什麼要這麼做？」

『呃……這個……其實她也是擔心……嗯，真的沒別的意思……』被我這麼一問，紙妖顯得有些吞吞吐吐，『安慈公，您不要生氣啊……』

「等你把事情交代完之後我再決定要不要生氣。」

可能是因為報告進度又被迫暫停，我的口氣有點硬，紙妖這時候很難得的識相了一把，沒有繼續用其他亂七八糟的理由拖延下去，乖乖地把自己換到新的搭波A上頭後，小心翼翼地解釋起來。

『青燈大姐只是很負責很認真，不希望自己的燈杖之下出現任何不應該的遺漏，遇上安慈公是意外中的意外，歷代以來從沒有過類似的紀錄，別看她表面上很平靜，其實她是很慌張的……但事情已經發生了，她就是想挽回也沒辦法……』

紙妖很仔細的挑選措詞，從他的敘述裡我可以看到青燈的掙扎，還有一點淡淡的無奈。

簡單來說，青燈不是很信任我，不信任我身為人子的那一部分，而身為妖的那一半她也持保留態度，可在這份不信任的同時，她也知道這一切都是上天的惡作劇，我並不是故意要瓜分掉她的天賦，對於莫名其妙就被迫跟著她一起渡妖的我，她是懷著歉意的。

她一方面擔心我身為妖的部分沒辦法承受青燈的職責，另一方面卻覺得我身為人的那塊必須不斷地承受分離苦痛的這一點實在太過苛刻，而在心底升起這份擔心與憐憫的同時，又對自己感到萬分的失望。

真正的青燈是不會有這種情緒的，所以會去擔心會去關懷的她，真的不再是完整的青燈了。

每每浮起這般心緒，這個事實就像針扎一樣的刺在她心頭，她很無奈，很矛盾，不知道該生氣還是該難過，可木已成舟，她再怎麼不情願也沒辦法，現在眼下能夠做到的，就只是僅可能地確保我這個渡妖人別被壓力給弄垮了、嚇跑了。

所以她才拜託了紙妖去竊聽。

然後每天都仔細地將紙妖記錄下來的那些東西給瀏覽一遍又一遍……

……

…………

「給我等一下！」我必須很壓抑才能克制自己不大叫出來，為了避免這樣的悲劇發生，我強迫自己使用打字的跟紙妖進行交流：所以說青燈她只要沒事就會躲進打火機裡，就是為了看我每天在心裡想什麼嗎?!

『安慈公英明！』紙妖揚起了象徵答對的小旗子，旗子上頭有正解兩個字，『青燈大姐還跟小生討了很多心理學方面的書，每天都很努力的在研究呢！』

不要研究這種東西啊啊啊！

『嗯？不好嗎？』

廢話！

『但是安慈公的課堂也有同樣的課目啊，那個……普通心理學？』紙妖舉了一個系上的共同必修課目，很完美的偏離了我的意思。

鍵盤劈里啪啦響，我的手指飛快而用力的移動著。

要研究心理學可以，但是不要用這種方式來窺探我的內心啊！這已經不算研究範圍而是嚴重的侵犯隱私了好嗎！

我如泣如訴地打字著，打完之後就抄起打火機企圖把青燈搖出來，但才剛要動作就僵住了。

這個，好像有點尷尬。

雖然現在被竊聽的人是我，但是要當面跟一個女孩子質問這種事情，且不論這個女孩子是人還是妖，問起來都覺得有哪裡怪怪的……

……我的手默默的把打火機放了回去，有些遲疑的在鍵盤上繼續敲打著。

紙妖。

『小生在。』

你覺得我如果直接去跟青燈抗議還啥的，她會不會惱羞成怒？

『根據小生對青燈的理解，一個正常的青燈不會有所謂生氣的情緒，』紙妖中規中矩的寫道：『但是現在青燈大姐很明顯地已經不一樣了，所以會不會生氣小生就不知道了。』

寫了等於沒寫嘛……我無語的看著紙妖身上的字，左右躊躇半晌後，還是決定把一切等到晚上再說，畢竟現在也不是能夠跟青燈好好談話的時候，阿祥就坐在後面呢，要是被他發現我自己在又氣又悶又碎碎念的，搞不好會被抓去看精神科。

耳機裡是循環播放的古琴樂曲，我就在這滿懷著心事的情況下迎來了本週的第十四個炒飯便當。

「……阿祥，」拿著手上的飯盒，我冷冷的看著我的好室友，「說好的換口味呢？」

「哎呀？中午不是說明天才換的嗎？」阿祥陪著笑臉，一雙討好的眼睛眨巴眨巴地看過來，「跟你說喔那個炒飯妹已經記得我了，真不枉費我這禮拜天天往那邊跑，這樣看來要到ＦＢ什麼的已經是指日可待啦！」

阿祥滿面紅光的在那裡勾畫他美麗的把妹藍圖，跟他這份煥發的紅光比起來，我的臉色應該可以用鐵青來形容。

俗話說的好，不在沉默中爆發，就在沉默中滅亡，於是我深呼吸了幾次平復好情緒之後——很遺憾地沒有照正常程序走的——在炒飯便當中滅亡了……

沒辦法，這就是拿人手短吃人嘴軟的壞處，真要說起來的話，現在手裡這個炒飯便當我也得負上大半責任，誰讓我要偷懶不去買飯呢？天作孽猶可為，自作孽不可活大概就是這麼回事吧。

我這麼想著，嘆出一口長氣之後轉頭不去看阿祥那傻笑到有點像豬哥的嘴臉，接著就默默在心底定下了明天一定要自己出去買飯的志向，順便詠唱著阿祥中午的言論來鎮壓我那已經吃炒飯吃到快吐的胃口。

「比上不足比下有餘啊……現在有的吃已經是很幸福了，想想其他國家的那些難民吧，今天我還有炒飯可以吃還有動畫可以看就已經是天大的福氣啦……」我用跟念課文差不多的平板口氣說著，面無表情的開啟了中午還沒看完的動畫，配著飲料一口一口將炒飯吞下肚。

『安慈公，這是否就是世俗所說的自欺欺人？』紙妖老樣子的在我螢幕上的便利貼上發表意見。

「閃一邊去，你遮住我的螢幕了。」

『喔。』

很難得的沒有被紙妖激起怒火，實在是因為我現在沒有多餘的心力去生氣，一整下午的時間被報告跟其他事情摧殘，邊想事情邊做正事可是很耗神的，一心二用就似那蠟燭兩頭燒，要是現在還有那份精力去生氣的話，我大概可以去當超人了。

而且那些「其他」事情現在仍然在困擾著我，這導致我雖然眼看動畫嘴嚼炒飯，腦中盤旋的事情卻都跟這兩者無關。

報告已經趕完了所以暫時可以剔除出去，現在占據我腦海的，首先是那朵奇怪的紅花眼珠，這個畢竟是跟人身安全有關，我的臉可是差點就被那個爪子一把抓花，如果不是青燈反應快，我現在還能不能坐在椅子上著實是個未知數。

再來就是青燈的窺探行為……

我不是不能理解她的擔心，但是為了自己日後的隱私著想，就算說起來很尷尬也是要跟對方好好理論一下才行，至少不能把我每天的心底話當成筆記在研究，這樣會讓人坐立難安。

然後還有關於班代那雙特別的眼睛，本來還覺得這是個大問題，但是跟上頭那兩項一比之後就覺得這根本算不上什麼大事了，甚至可以說是個轉機，至少見鬼者跟半妖之間還有點共同話題，說不定哪天還能藉這個機緣把人約出去喝個咖啡談談心，兩個人一起交流一下關於「看得見」的心情、煩惱等等……嗯，轉個方向想想，這還挺美妙的。

最後，就是跟琴聲有點關係的了，以在意等級來論這應該算是排第一個的。

就是在拿起打火機之前所看到的紅色花海跟琴聲，那個有點眼熟的男人背影究竟是什麼？仔細想想，那朵奇怪又可怕的紅花鬼眼珠就是在我看到那些畫面之後才出現的，這兩者之間會不會有什麼關聯呢？

我的腦袋就這樣不斷的盤旋著各式各樣的猜想、揣測，一邊想一邊食不知味地將炒飯給吃完，電腦上的動畫也在我的恍神當中放了兩集，至於這兩集的動畫內容是什麼，這個……它片尾曲還不錯聽，可以排進播放清單裡。

用過晚餐之後，時間很快就來到了我跟娃娃約定的時候，阿祥吃完飯後就去他的例行晚餐散步了，他總是說晚餐飯後一定要散步消化才行，不然很容易就會變胖，變胖了身形就會不好看，不好看的話他就不好意思出去把妹了。

姑且不看後面那些言論，前半段聽起來還是很有那麼一回事的，給人一種養生又健康的感覺，可這理論到底從哪來的又有什麼根據……我曾經好奇地問過一次，而在他回答出「阿祥健康生活手冊第三十六條」這個答案之後，我得到了一個很深刻的體悟：

——認真就輸了。

這就是跟阿祥相處的時候一定要牢記的五字箴言。

在阿祥出門之後，我也開始進行出門的準備，雖然在宿舍裡頭也可以很方便的前往娃娃所在的鏡世界——只要打開衣櫃朝裡頭的穿衣鏡敲兩下讓娃娃來接人就行了——不過這樣子的做法會有一點點小問題。

我們學校的宿舍為了安全起見，不但出入都會留下刷卡記錄，大門外也有設置監視器，因此如果有心要查的話，是完全能夠知道住宿生的外出狀況的，所以在經過諸多考量後，我還是決定要乖乖的把「出門」這個動作給做出來。

上天是個熱愛惡作劇的怪咖，僥倖心理不可有，要是被發現我居然直接在房間搞人間蒸發的話，到時候樂子就大了，總不能說我在練習什麼逃脫魔術吧？除了阿祥之外我還真不知道有多少人會相信這種爛藉口。

想到這裡我忍不住搖搖頭，「阿祥啊，雖然相信人是好事，但是你這種無條件的相信方式實在很令人擔憂啊……」

聽見我的感慨，紙妖搖搖晃晃地飄了過來：『祥爺是個好人。』他這麼寫道，而我眉頭一挑。

「我從很久以前就想問了，你們在稱呼人的時候一定要在後頭加個爺才行嗎？」紙妖這樣青燈這樣娃娃也這樣，「難道這是妖道們的慣例？」

『這是種尊稱呀，人們難道不喜歡這樣的稱呼嗎？』

「不是喜不喜歡的問題，而是你們至少看一下年紀再喊吧？」對妖怪這麼喊是無可厚非，畢竟出來混的妖道哪個不是上百歲？尊稱喊爺是正常不過，但我跟阿祥怎麼說都還是個青少年，直接冠個爺上來未免也把人叫得太老了。

『那……祥公公？』

……

…………

這樣有比較好嗎？

看著那特地挑選過的可愛字體，我的眼神放空了三秒，語重心長地跟紙妖說還是維持原樣比較好之後，就悶悶地拿起我的背包出門了。

背包裡裝著要給娃娃的一些小玩意，不管怎麼說，鏡世界裡只有她一個實在太過孤單了，所以我準備了一些糖果、漫畫、桌遊……等等，應該多少可以讓她解點悶，本來還想帶些普通小女孩會喜歡的玩具過去，但考慮到娃娃的實際年齡並不普通，加上我拉不下臉去買芭比娃娃之類的東西，最後還是作罷。

「等等還是問一下她喜歡什麼好了。」本著想要給對方一個驚喜的想法，我一直都沒有讓娃娃知道我會帶禮物過去給她，之前也都不敢問她喜歡什麼怕被猜到這個小心思，現在看來倒是有些弄巧成拙了。

想著背包裡裝的那些，我心裡還真沒底，生平第一次送妖怪禮物，總是有些忐忑。（給紙妖的那些搭波A不算，那是他自己強行拿去玩的……）

『安慈公有這份心意就夠了，禮物內容不重要！』

紙妖很難得的寫出了正常的話，如果不要在字體旁邊拉花的話會更好。

鎖好門，我手裡拿著偽裝成報告之一的紙妖走出了宿舍門口，稍微想了想後，決定繞到遠一點的地方看能不能找到新的鏡子，這是我最近只要有空就會做的事情，走過路過看到還不錯的，就會問娃娃要不要試著連結上去。

雖然不一定每一面鏡子都能成功，但有試就有希望，就算不能納入自己的旗下，好歹有過接觸之後以後也就多了借道的可能，經過這幾天的努力，娃娃可以活動的範圍變大了許多，至少不會被侷限在那間小小的圖書館裡了。

「那今天，就搭捷運去遠一點的地方吧。」反正回程都只是一瞬間的事情，所以要跑多遠都無所謂，這個鏡通道真的是非常方便的東西，確立好連結之後效果就跟哆啦A夢的任意門差不多。

我心裡這麼想著，然後腦中有靈光一閃。

如果……如果我能讓鏡娃娃跟臺灣各地的鏡子搭起連結的話，那以後是不是就可以藉由鏡通道去渡妖了呢？這樣一來，不但娃娃的移動範圍可以變得很大很大，我的引渡之路也會整個順暢起來，渡妖時候最麻煩的交通問題從此迎刃而解……

……天啊！兩全其美！我怎麼以前都沒有想到啊！

心頭一陣狂喜，如果不是正走在路上怕會引人側目的話，我現在肯定會快樂的跳起來放聲大笑三聲，而因為越想越興奮的緣故，我一個不小心就直接搭到了橋頭站……

在這個有點出乎意料之外的站點下車，我頗為尷尬的搔搔頭。

「傷腦筋，這附近我完全不熟啊……」這要到哪裡才能找到不錯的鏡子啊？當然我知道廁所之類的地方肯定會有，但既然要介紹給娃娃，當然要挑個好一點的，怎麼樣也不能選廁所吧？就在我苦惱的時候，紙妖很好奇的竄了出來。

『安慈公，這兒的空氣真是清新啊，人煙也頗稀少，是個散心的好地方呢，好東西要跟好朋友分享，您可以把這裡推薦給祥爺，讓他下次也來這走走。』

「我想他應該早就來過了，」橋頭糖廠在高雄也是個頗有名氣的景點，對阿祥那種將把妹視作人生目標的人來說，這類可供約會談心的地點他是絕對不會放過的，「快來幫我找鏡子啦，別再看風景了。」

『多逛逛嘛，小生之前都只能在圖書館裡看見這些地方，難得親自跑了過來，安慈公，不若去下糖廠參觀如何？』

「現在都幾點了，」我看了下手錶，七點十五，距離跟娃娃約好的七點半只剩下十五分鐘，「這個時間糖廠的接駁車早就沒了，是要怎麼去？」難道要用走的？別開玩笑了。

『也許可以打車？』

「你付錢啊。」居然想搭計程車，當我凱子是吧。

『……小生還沒練成雙面印刷……』紙妖泫然欲泣，而我很不客氣的巴掌過去。

「不准練那種東西！」印假鈔是要抓去關的！我怒道，幸好橋頭站平常沒什麼人，現在這時間就更沒什麼人，所以我就算音量稍微大一點也只有空氣會聽到，不怕被當神經病。

我心底慶幸地想著，然後就朝出口走去，可就在我踏上階梯的那瞬間，一種陰冷的感覺掃過了我的身邊，然後周遭的感覺變了。

空氣彷彿凝固般沉沉地壓了上來，景物依舊，但是整個色調卻變得非常的詭異，就像是有人在我眼前遮了一張綠色的玻璃紙一樣，觸目所及全部都是深淺不同的綠，平常看見的綠色總是能讓人覺得溫柔與放鬆，但現在看到的這種綠卻只讓我覺得噁心。

黏稠、厚重。

而可悲的是我在看到自己的綠色皮膚時，腦子裡第一時間閃過的居然是什麼現代綠巨人浩克之類的鬼東西，我想我的腦子在某方面大概跟阿祥一樣沒救了。

「怎麼回事？」

下意識地想要問紙妖，可我才剛把視線挪到紙妖的搭波A上，馬上就有一種非常大事不妙的感覺如冰水般從頭澆了下來。

『逃』

紙上只有這麼一個字，身後，傳來了某種焦臭味，這個味道我不久之前才聞過，跟青燈用火一杖燙瞎那朵紅花鬼眼珠時散發出來的味道是一樣的。

我有些僵硬的轉過頭，然後看到了一個讓我差點把晚餐的炒飯便當給吐出來的東西。

那是一條……說不出是什麼的生物，很粗，很大，身上還長著奇怪的刺，硬要從我腦內抓出可以比喻的類似參照物的話，外型有點像是放大N倍之後的超級大蜈蚣，有多大？差不多是一口就能咬掉牛頭的大小。

但我知道這玩意絕對不是什麼蜈蚣。

這世上可沒有哪隻蜈蚣會擁有一雙跟人差不多的眼珠，因為太過龐大的關係，那雙眼珠大概比我的拳頭還大上一點，其中一隻眼是瞎的，上頭有被燙爛兼戳爛的痕跡，看到那隻被戳爛的眼，我心底咯噔一下。

不是吧……

難道這才是那朵紅花鬼眼珠的真面目嗎?!

我整個人僵立在地，蜈蚣怪直起了身體，高高在上地用那隻完好的眼睛看著我，大概是因為我戳爆了牠一隻眼的關係，從視線裡我強烈地感受到了比先前更加濃烈的惡意，還有，殺機。

『安慈公！』

耳邊傳來了青燈焦急的大喊，然後我看見眼前那頭醜惡的怪物朝我撲了過來。

鼻間充滿著腥臭的味道，鋪天蓋地，我想逃，真的，不管任何人遇到這種情況都絕對會轉身拔腿就跑，但在此同時，空氣中有某種看不見的東西束縛著我，讓我連移動手指都辦不到，只能眼睜睜地看著那噁心的怪物離我越來越近。

完了。

我這麼想著，而後絕望的閉上了眼。

耳邊，響起了劃破空氣的風聲。

命懸一線！

青燈・之三　牧花者

無凶則常稱寡人，有凶則稱孤也
吾此身與凶事長伴，故引此為稱

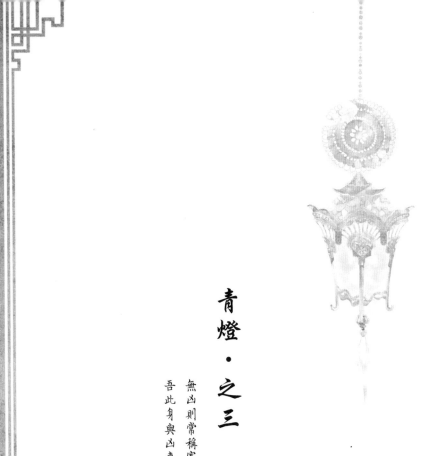

有什麼劃過空氣的聲音不斷響起，但預想中被咬斷頭顱的疼痛並沒有降臨，反而是身上的束縛像被什麼給切斷般消失了。

『安慈公！快跑呀！』

啥？快跑？

青燈焦急的聲音伴隨著那咻咻的破風聲在我耳邊鬧騰著，這讓我有些錯愕，奇怪，難道我還沒被咬死？還活著？

緊張的睜開眼，睜開眼後我立刻被眼前的情況給震撼了。

那些劃破空氣的聲音並不是我想像中的蜈蚣怪撲過來的聲音，而是……數不清的紙張化作利刃朝怪物噴射而去的聲音。

「……紙妖？」

我從來沒想過紙張也能製造出這麼犀利的攻擊，可眼下的狀況不容我細想讚嘆，雖然紙妖的攻擊成功地將那條大蜈蚣逼退幾分，但這顯然只是一時的效果，大蜈蚣很快就會發現紙妖的攻擊只是看上去很銳利很凶猛，實際上並不能真正地對牠造成傷害。

那些紙刀，最重要的目的除了暫時退敵之外，就是割斷大蜈蚣纏在我身上的鎖。

此時不跑更待何時！

確認紙妖的本體已經重新躲進了我手上那張紙之後，沒有猶豫，我立刻轉身拔腿飛奔！

「這是怎麼回事？」一邊跑，我一邊大聲的問，眼前全部都是綠色的情境實在是詭異到極點，而且周遭靜到一個不可思議的程度，別說本來就沒有的人聲，現在根本連風聲都聽不到！「那傢伙是哪來的啊？」

『中計了，』從打火機中飄出來領在我前頭飛的迷你青燈說，一臉凝重，『這是掠道者的結界，不知何時布下的陷阱……』

「牠怎麼知道我會到這來？」聞言，我整個大驚，我是臨時起意要搭捷運，又是不小心坐過頭才到這個站的，這隻大蜈蚣怎麼可能會知道要在這邊設陷阱等我？這不科學啊！

『應是奪道後利用道力竊取了一瞬天機，方才得知安慈公的落腳之處，』領著我向前飛奔，青燈似乎沒有恢復原來大小的意思，『必須盡速尋得出路，繼續待在此處只怕凶多吉少……』

也就是說逃不出去就得交代在這裡的意思。

「妳剛才說這是掠道者的結界……那這裡還是捷運站嗎？」

『不再是了，安慈公可將此處視為對方的巢穴，』青燈睞著眼往身後看去，像是要將身後追來的怪物給看穿，『方才您所踩上的那層階梯就是結界的接點。』

聽到這，我愣了一下，「難道我現在還得跑回去找那什麼接點才能逃出去？」那豈不是要直接躍入蜈蚣口了？

『非也，接點只是將您拉進此處的媒介，並非出口，』危急時刻，也虧青燈還有耐心跟我解釋，『要從一處結界尋得脫生之路，只有三種方法。』

「哪三種？」

『其一，找出被隱藏起來的出口，任何巢穴都一定有入有出，畢竟，任何生靈都無法居住在完全封鎖的空間裡。』

「這個第一種可以忽略了，」我乾笑著邊跑邊說，跑了一小段後其實我已經不知道自己在往哪跑了，反正跟著青燈準沒錯，「我想我應該沒有那個能耐找到出口……青燈妳能找到嗎？」我滿懷希望看過去，得到對方為難的眼神。

『很抱歉，安慈公，奴家也沒有這個能力，所以往常，奴家都是使用第二種方法，只是這第二種，現在的奴家恐怕是使不出來了……』

「嗯？什麼方法？」怎麼以前能用現在卻不能用了？

『引來青燈之火，將巢穴主焚燒於青火之中。』

……

…………

「咳嗯，我可以聽一下第三種嗎？」想到這個第二種方法是因為自己所以才沒辦法用，我真的是非常心虛，雖然說只要青燈依附到我身上之後就可以試著用完整的青燈身分重新引來燈火，但這裡有個很重要的問題是，就算到時候能順利把火給引來，我卻不會用。

引來青火這件事必須要我跟青燈的共同參與，所以同樣的，控制也必須要一起，引火這件事並不難，當初我就莫名其妙的引過一次了，那是種很奇特的感覺，有點像游泳，只要成功一次之後身體就會自然而然的記住方法。

但是控火就是個技術活了，臨時要我上那是天方夜譚，若是直接讓青燈操控我的身體戰鬥又太難為她，戰鬥可不比騎車，各種動作幅度都要激烈太多，而且我也不確定我的身體有沒有辦法跟上青火的消耗，好好地支撐完一場戰鬥……

看來，以後必須大大的提高運動量了，只靠系籃系排實在不夠啊，才跑這麼一會兒，我就覺得有些喘了。

像是發現我需要稍作喘息，青燈迅速繞到一根大柱子背後停下，小手在四周揮畫了一些我看不懂的東西後，將我喊了過去，『安慈公，暫且先在這躲一陣吧。』

「嗯，」關鍵時刻要聽專業人士的話，而且我也真的需要休息，亡命奔跑實在是一件燒體力的事，才跑了這麼一下子就讓我覺得雙腳有些抖，「所以第三種方法是什麼？」我問，然後又見到青燈有些微妙的表情。

吞吞吐吐的。

『這個……第三種方法……』她的神色有些掙扎，但是考量到現在的局勢，她終是嘆了口氣將這個方法說了出來，『第三種方法，即是借助外界之力，創造一個出口來。』在說到外界的時候，我明顯的發現青燈的手抖了一下。

唔？為什麼要抖呢？連面對那個蜈蚣怪我都沒見青燈有抖過，怎麼提到這個「外界」就成了這個樣子？「這個，聯繫『外界』是需要花費很大代價的嗎？」

青燈搖搖頭，『毋須代價，只要擁有足以連結外界之物，那麼便能夠得到對方的幫助……』說到這，換成我的表情有些怪了，『安慈公？』

「那個所謂連結外界之物……」我伸手在背包裡翻找，很快就掏出了一面掌鏡，「是像這種東西嗎？」

這是娃娃的鏡子。

本來只是為了方便跟娃娃聊天才隨身攜帶在身上的，沒想到這時候居然成了我的救命稻草。

看到那面掌鏡，青燈明顯愣了很大一下，讓我才剛稍稍放下的心又整個提起來。

「呃，難道這個鏡子不行？娃娃不能算是『外界』的力量？」

『不是的！安慈公誤會了，鏡妖可以的，聯繫上之後，只消於此處覓得一面足以令安慈公通過的鏡子，便可以出去了。』

那妳剛才的表情怎麼那麼奇怪？

我無聲的問著青燈，然後得到了更奇怪的表情。

有些忸怩、有些不安，但卻不是慌張的那種，反而給人有種可愛的感覺，總之，綜合以上觀察所得，就在我快要想出這是什麼樣的神情時，紙妖突然從我手中飄出來寫了「少女嬌羞」四個字。

本來呢，我是很想吐槽的，可沒想到有人比我更快一步，而且出手更狠。

平常時候我頂多是把紙妖拍飛揉爛，偶爾附贈個摺成垃圾桶的待遇然後就這麼算了，可就在我打算這麼做的時候，只見一把焰火如電光飛來，一個眨眼就將那四個字連同紙張燒得乾乾淨淨。

是青燈。

此時迷你版的她正盤坐於空，一張小臉冷若冰霜的睨著紙妖剛才還在的位置——現在只剩下灰了——手中的燈杖燃著熾烈的火光，雖然不是渡魂用的青色火燄，卻也十分地具威嚇性。

我第一次知道原來青燈也可以這麼威武霸氣。

青燈正在你背後，她非常火。

這是我在那個瞬間來不及跟紙妖說的話，而現在看來，也用不著說了。

紙妖溼答答的從我背包裡爬出來，在被燒到的那一瞬間他就迅速地逃到其他紙張上頭，而等到紙妖重新出現在我面前時，我才發現剛剛那些攻擊蜈蚣怪的紙張究竟從何而來，居然是那本我買給娃娃解悶用的漫畫！

噢，現在已經不能說那是漫畫了，因為已經被紙妖拆得七零八落，中間大部分的頁數還插在蜈蚣怪身上，我背包裡的只剩下零星的十幾張，回想起紙妖剛才的奮起反擊，我很認真的考慮以後是不是都要背個辭海什麼的在包包裡以備不時之需。

就在我思考著這個可能性的同時，紙妖就在其中一張裡瑟瑟發抖，特意被騰出來的頁面上寫著紙妖的懺悔：

『青燈大姐饒命啊，小生知錯，別再燒了，再燒下去真的要死紙啦。』

『哼。』以一聲冷哼作結，青燈轉過頭不再看紙妖，臉上那種像是被戳破什麼的惱怒讓我覺得十分莫名其妙，本來我是很想稍微追問一下的，畢竟人人都有一顆八卦的心，但紙妖的下場就擺在眼前，我權衡再三後，決定還是當作什麼都沒看到。

明哲保身，明哲保身啊。

「總之，現在先試著跟娃娃取得連絡？」拿起手中的掌鏡對著青燈晃了晃，我不著痕跡的轉移話題，順利將青燈從羞怒的狀態中拉出來。

『嗯，此乃當務之急，』她說，神色凝重地朝柱子外覷了幾眼，『奴家的障眼法支持不了多久，此處很快便會被發現，再被發現之前，還請安慈公試著取得鏡妖的協助。』

「呃……這樣會不會波及到娃娃？我是說，那隻怪物會不會沿著鏡子追到鏡世界去？」雖然才跟娃娃認識沒多久，但畢竟有著妖仙的託付，如果這個尋求幫助的舉動會把娃娃拖下水的話，也許我應該努力尋找其他辦法。

像是察覺了我的顧忌，青燈的神情先是一愣，接著柔和下來。

『放心吧，巢穴主不可能追去鏡空間的，如果牠真追過去了，那倒是好事一樁，屆時無須仰仗青火，只需鏡妖略做布置，即可將其困死於鏡空間內，鏡妖的迷宮向來獨步於妖界，膽敢擅闖進去的絕對不會有好果子吃，』她輕輕說道，然後頗為讚許地看著我，『能在這種危急時刻替鏡妖著想，安慈公，您果真是個好人呢。』

聞言，我一臉木然，拜託，不要再發我卡了。

紙妖：『馬麻說收集十張好人卡就可以變聖人！』

聖你妹，我咬牙切齒，「這麼快就忘了剛才被燒掉的教訓了嗎？我不介意讓你再次回想起來！」說完，我掏出打火機喀嚓一聲點起火，作勢要往紙妖那邊燒過去。

這次紙妖很機伶，他拿出了方才攻擊蜈蚣怪時的驚人速度，咻地一聲衝進了我手中的掌鏡裡，在衝進去之前還灑了好幾張紙，上面分別寫著：「安慈公欺負紙」、「欺負紙的都不是好漢」、「真金不怕火煉但真紙會怕火燒啊」等等悲憤的字樣。

之所以會說悲憤，是因為那些字的背後充滿了「悲憤」二字的浮水印。

我無語的看著那些紙張，收起了打火機正想要把紙妖重新拎出來好好訓誡幾句時，掌鏡裡，娃娃的臉浮現出來。

『安、安慈公，不要欺負紙爺……娃娃替他給您道歉了……別燒他好不好？』娃娃可憐兮兮的小臉在鏡子裡這麼對我說，對此，我還能說什麼？

「放心吧娃娃，我怎麼會燒他呢？我的打火機向來都只會燒白目而已，」我露出了無懈可擊的微笑，對著掌鏡說道：「妳不要聽紙妖在那兒亂說。」

『這樣嗎……』鏡妖那稚嫩的臉有些懵懵懂懂，回頭看了看已經開始玩起紙花來的紙妖，歪頭想了想，『紙爺現在看起來很開心的樣子，想來是誤會吧。』

「是啊是啊，是大誤會呢。」我快速點頭，順便對鏡世界裡飄來飛去灑花的紙妖投以鄙視之眼，這時，鏡妖頗為擔心的看過來。

『安慈公，您所在的地方不是很好，可能的話還請快些離開那裡，』她緊張地看著我，手指不安的絞著，眼神有些畏懼的看著我這邊呈現綠色的風景，『要不，先來娃娃這裡避一避吧？那兒真不是個好地方……』

「正有這個意思，只是怕妳不方便。」要說的請求先被人說了出來，我在欣喜之下不免有些尷尬，幸好娃娃完全沒注意到這些小細節。

『哪裡會不方便呢，安慈公，快快尋得一面鏡子過來吧，那裡真的很糟糕，有種好可怕的味道……呀！』突然，鏡中的娃娃一手驚恐地指著我的身後，一手死命地捂著自己的嘴巴，活像看到了什麼可怕的東西一樣……

……不會吧……

看著娃娃那懼怕的雙眼，我頓時渾身發毛，覺得背脊有一股寒氣緩緩地爬上來，鼻間飄過一陣陣血肉被燙爛的噁心臭味，然後我僵硬地轉過頭。

一個眼珠的大特寫就擺在我面前，伴隨著濃綠的氣體跟只有靠得非常近才聞得到的血腥氣息，拳頭大的眼珠骨碌碌的動來動去，眼白的地方充滿著血絲。

臥槽！

那一瞬間，我罵遍了天下祖宗十八代。

一雙小手在這個同時伸了過來，像是怕我發出叫聲一般用力捂住了我的嘴巴，是青燈，她終於變回了原來的大小，一邊按著我的嘴還一邊緩慢地將我往後拖。

其實我很想跟她說這個捂嘴巴的動作是多餘的，人類在遇到生死攸關的情況下，有一半的人會尖叫，而另外一半的人會呆掉，在經過實地驗證之後我很顯然是屬於後者，所以別說要發出聲音，我連喘氣都差點要忘了。

『切莫出聲，這廝失去一眼後洞察力大大下降，想來尚未識破奴家的障眼法，』青燈輕輕地用心聲傳音，一雙青蔥小手有些顫抖，攬著我步步往後退去，『迅速轉移至他處躲避，仍然大有可為……』

她這麼說，然後伸手往蜈蚣怪的身後輕輕一彈。

喀啦……

小石子在地面上滾落的聲音輕輕響起，聽到這個聲響，蜈蚣怪的身體頓了一下後立刻轉身往聲源處爬了過去，百足快速而無聲地移動著，就像個行動迅速而隱匿的殺手一樣。

確認蜈蚣怪離去之後，紙妖立刻從掌鏡中飄了出來。

『娃娃感應到附近有鏡子！』他在身上顯示出整片區域的路線圖，上頭標出了我們現在的所在位置，還有一個刻意用大紅框框起來的地方，想來那就是鏡子的所在地了，除此之外，圖中附帶有前往紅框位置的最短路徑，甚至還貼心的畫上了箭頭，『在這邊。』

這可真是一目瞭然的逃亡圖，在這攸關生死的一瞬間，我腦中居然跑出了「紙妖在手，天下我有」這愚蠢的八個大字。

之所以會說愚蠢，是因為這話才剛閃過心頭，我就知道糟了。

紙妖那個白目幾乎是立刻將自己身上的逃難路線圖直接升級——不是稱讚的意思——本來很清楚的路線很突兀地被畫上一大堆亂七八糟的花邊，要不是現在不適合大聲嚷嚷，我一定破口大罵。

果然，白目就是稱讚不得啊！我頗有恨鐵不成鋼的感覺。

幸好我在剛才就已經將路線給記了下來，不然現在要我回去看那個充滿花邊蕾絲跟各式網點特效的逃難圖，我真的會崩潰。

確定好移動路徑，我跟青燈小心翼翼地離開原地，一邊尋求掩護一邊前進著，途中還不斷地跟鏡妖娃娃作確認，在經過幾個拐彎之後，我很順利地來到了娃娃所說的鏡子所在地。

啊哈哈……

看著這個目的地，我忍不住乾笑了幾聲。

『就是這了！看起來很不錯的一面鏡子呢，安慈公，請將娃娃放過去。』鏡妖的眼睛閃著光芒，而我現在真的覺得非常尷尬。

因為那面鏡子的所在地，是我這一輩子從來沒想過要進去也不敢踏進去的地方。女廁。

這一刻，我突然體會到了什麼叫做壯士斷腕的覺悟。

作為一個中規中矩謹守道德規範的健康好青年，女廁這種地方根本就是禁區中的禁區，但是眼下這個時候也由不得我在那邊扭扭捏捏了，就算那心已經扭成了麻花我也得進去，這可是攸關生死的問題。

再說了，身處在這種莫名其妙的地方，我就算真的進去了也沒其他人看到，而會看到的那些通通都不是人，有啥好糾結的？

用這種理由說服自己，我深吸一口氣替自己做好心理建設後，咬牙，硬著頭皮鑽進了這個傳說中的女生廁所裡，在那一瞬間，我心底的某塊地方默默落下了無奈的英雄淚。

沒有心情去參觀女廁到底長什麼樣子，我慌張兼倜促地來到鏡子前，將小小的掌鏡貼了過去，接下來的畫面其實我已經看過不少次了，掌鏡裡輕輕地伸出了一雙跟芭比娃娃差不多大小的手，穩穩貼上了女廁的鏡子。

就著這個畫面，我忍不住感嘆妖者的便利。

要是我也能這樣放大縮小的話，就不用特地冒著生命危險跑來找大鏡子了，只要隨身準備個手鏡就能確保自己的逃生路線，既方便又安全，對手無縛妖之力的我來說實在是非常強大的需求。

娃娃那雙嫩白的小手不動聲色地泛出了光華，如漣漪般的光圈在鏡面上一陣陣盪開，空氣中隱隱傳出了無聲的共鳴，隨著光波擴散出去……

『……不好！』

青燈像是忽然想到了什麼，臉色頓時煞白，急急忙忙在女廁的入口布置起來，在忙著的同時還不忘用燈杖把我戳得更裡面點。

「又怎麼了？」乖乖照著燈杖戳得方向挪動腳步，我不解的看著如臨大敵的青燈，不懂為什麼在馬上就要成功逃離的現在她會這麼緊張。

『波紋散出去了，巢穴主很快就會聞風而至，奴家正試著布置幻象，不知能否誆騙過去，若此計不成，還需架起結界才行……』咬著下唇，青燈有些緊張的說，說得我冷汗直冒。

一波未平，一波又起，我看著眼前忙碌的青燈，再看看正在努力跟鏡子建立連接的娃娃，突然覺得自己真的很沒用，在這種時候不但不能像個男人一樣挺身而出，還得依靠兩個女性的庇護才能活命，實在是太窩囊了。

但是現在的我，的確什麼都做不到，即使能讓青燈依附上來發出青火，我頂多也只懂得如何讓火焰停留在掌中，再多的就不會了。

啊啊……想變強啊，這樣至少能在這種場合派上一點用場，而不是傻站著無計可施，這也許是我第一次在面對這些妖者時，興起了想要能夠與之對抗的念頭，這樣算是好事還是壞事呢？

在我思考的這時，青燈的聲音在我腦海響起。

『安慈公。』

是？

『請先進隔間裡避一避。』

啥？隔間？

在女生廁所裡會有的隔間是什麼我想大家應該都心知肚明，我無比尷尬的看著那些「隔間」，心中的彆扭差不多能突破天際了，進女廁就算了，現在還要更加深入？

我要不要乾脆真的在這裡上個廁所算了。

啊啊、想變強啊……再一次，我淚流滿面的想著，腳下開始挪動，羞恥跟生死比起來畢竟要低上幾個檔次，如果對站在槍口前的人說光膀子可以讓子彈射歪的話，他們說不定連內褲都願意脫下來。

將掌鏡交給紙妖讓他好好將鏡子托在半空中之後，我很快就找到最靠近門口的那個廁所鑽了進去，並且從門縫之間偷看娃娃的連結進展。

這鏡子有點大，而很幸運的是這面鏡子沒有拒絕娃娃的連接，光紋逐漸擴散，現在已經覆蓋過半面積了，等全部的光充滿鏡子的那瞬間，也就是我能鑽進去躲避的時候。

只要沒出意外的話。

然而事情總是沒辦法如人所願，就在我祈禱著一切可以就這樣順順落幕的時候，外頭，一陣壓迫感傳來，我又聞到了那個討厭的焦味，還有就是一股憤怒的壓力鋪天蓋地的壓了過來，彷彿知道自己方才被耍弄了一番，蜈蚣怪現在非常的生氣。

頭皮發麻，外頭開始傳來了有東西在猛力撞擊的聲音。

砰、砰砰！砰——！

一下又一下，每一聲都重重地晃動了整個女生廁所，我本來一直都老實的縮著沒出去，卻又覺得此時的自己應該做點什麼，紙妖先前的奮起，青燈急切的眼神交互出現在我腦海中，回想著這些畫面，我不知道著了什麼魔，手悄悄拉開了門，探頭向外看去。

事後回想起來，這個動作確實是莽撞了，但是我不後悔，如果一直都縮在門板後讓人在前頭替自己拚命忙活的話，那麼我覺得我將會永遠失去某些東西。

而很多東西，一但失去了就找不回來了，所以無論時間重來多少次，就算再給我一百次機會讓我重新選擇，那麼我還是會在第一百零一次的時候打開那扇門，把頭探出去。

在看到外頭是什麼樣的情況時，我所感受到的驚嚇程度大概連頭髮都能立起來，我看到一個很噁心的蜈蚣頭，嘴巴吐著綠色的黏液……呃，其實我不確定是不是綠色，因為這個地方不管看什麼都是綠色的……總之，那些蜈蚣口水一滴滴的落在我們的頭頂上方，被一層看不見的牆給擋住，兩邊接觸的時候不但發出滋滋滋的聲音，甚至還冒出了煙……

我的媽啊，那玩意其實是強酸對吧？

青燈的表情看起來有點痛苦，她雙手高舉燈杖，像是在硬扛著什麼，紙妖動用了我包包裡剩下的所有能用的紙張，在青燈的身邊以某種我看不懂的陣勢包圍著，像是在保護燈杖上那朵因蜈蚣怪的不斷撞擊，而慢慢削弱下去的火光。

娃娃的連結作業因為被巢穴主發現的關係而產生了不少阻礙，跟原本的速度相比大概慢了兩倍左右，所以現在還有四分之一沒完成，可火焰卻已經小到隨時都會熄滅的地步了，再這樣下去，青燈建立起的防護絕對撐不到娃娃完成連結。

我必須做點什麼，在場的就只有我一個無所事事，但是，我能做什麼呢？

——引來青燈之火，將巢穴主焚燒於青火之中。

突然，青燈之前說的這句話躍上我的腦海，青火，從青燈的話可以猜到，這玩意對妖道來說似乎是很可怕的存在，如果我們現在能燒上一把青火的話，應該就能夠暫時地嚇住這隻大蜈蚣了吧？

當然，操控火焰攻擊這種高難度的動作我是辦不到的，但如果只是配合著她將火焰給弄出來，衝著大蜈蚣剩下的那顆眼睛威脅個兩下那倒是沒什麼問題。

想到這，我不再猶豫，「青燈。」

『安慈公?!您怎麼——呃！』青燈悶哼一聲，因為蜈蚣怪在這時用力地掃了一記尾鞭，那層透明的屏障在這個時候出現了裂縫，橫在頭上的那些裂痕看著令人心驚。

「叫出青火吧！」我急忙上前，顧不得青燈眼中的詫異，直接將手搭上了她的肩，「就算沒辦法燒了牠，至少也能讓牠不那麼囂張！」

『安慈公，您的意思是……？』

「我的意思就是這樣……然後那樣……」悄悄的在青燈耳邊將我的計畫說出來，順便附帶幾個手勢，「所謂瘦死的駱駝比馬大，何況我們現在還活得好好的，真不行就四處全燒上一圈，就不信牠敢過來！」

『這……』青燈咬了咬下唇，手中的燈杖因為大蜈蚣的撞擊差點拿不穩，迅速評估了局勢後，她莫可奈何的長嘆道，『眼下似乎也只有這個法子了，但是，安慈公，奴家從未嘗試過以人之身驅動青火，這也許會給您造成負擔——』

「——沒問題！」一口截斷青燈的猶豫，這個時候，頭頂上的那層已經出現龜裂的屏障被狠力砸出了一個大洞，青燈的臉色頓時變得難看無比，知道現在就算我真的有問題也沒辦法了，所以她不再多說什麼，一雙小手立刻搭了過來。

『安慈公，奴家失禮了。』她急促地說完這句話後，身形很快就化作煙霧般消散，然後我的眼前在這瞬間亮了起來。

顏色回來了。

破除了蜈蚣怪所佈下的濃厚綠色，這是「青燈」的視野，是一雙不會被外在事物所矇蔽，永遠保持著清明的視線。

那些蜈蚣口水還真的是綠色的。

取回色彩之後，我第一個確認的居然是這種東西，依附在我身上的青燈似乎很無奈的看了我一眼，接著我就感覺到掌心傳來了很溫暖的感覺。

熱熱的、暖暖的，像是在寒冷的冰原中突然出現熱水流淌而過一般，讓人忍不住想浸泡其中，可當我的視線來到那份熱流上，看清楚那到底是什麼東西之後，浸泡之類的想法立刻就被我剔除掉了。

那是青火，此刻正熊熊地在我掌心上方燃燒著，小小一團卻蘊含了極大的能量，儘管已經不是第一次看見這種火，我還是被那帶著特殊色澤的火焰給驚豔到了，青色的焰火，中心是隱隱的白，看起來是那麼的美麗、明亮……還有一點點的危險。

我著迷的看著這朵焰光，一時之間忘了自己還在生死夾縫中求生存，只是單純的以觀看藝術品的角度在欣賞著，而還沒等我欣賞過癮，那朵小小的火團就突然轟地壯大起來，然後我親眼見識到了什麼叫做星星之火可以燎原。

原本不到巴掌大的火球暴漲起來，朝四面八方拉出了粗壯的火線，一圈又一圈地，最後在我們的上方交織成一片密不透風的火網，取代了那片已經被撞出一個大洞顯得岌岌可危的透明屏障，將我們牢牢地護在底下。

蜈蚣怪發出了驚恐的戾嘯，那聲音聽著非常不舒服，活像是用指甲在刮黑板，又像是用美工刀切割保麗龍一樣，聲音才剛起頭而已，我身上就已經忍受不住地爬滿了雞皮疙瘩。

青色的火焰焚盡了那有如強酸般的綠色液體，順利地將蜈蚣怪給逼退了好幾步，只要再撐個半分鐘左右，娃娃的鏡子應該就會完成連結，然後我們就能夠瀟灑地朝蜈蚣怪扮個大鬼臉之後鑽到鏡子裡跑路了。

理論上是這樣的，理想上也是這樣的，但現實總是不如想像來得美好。

就在蜈蚣怪被青火逼得不得不驚恐退避時，其實我也很想學牠來聲驚恐的大叫，因為我發現隨著青火的燃燒，我體內似乎有什麼東西不斷地被抽走用以維持火焰的運作，抽取速度之凶猛讓我的手忍不住顫抖起來。

蜈蚣怪是怪物沒錯，可如果要我來說的話，我覺得青火是比蜈蚣怪更可怕的怪物，把人吸乾的那種。

如果說青火汲取的是體力這種東西的話，那麼我死撐硬撐拚著最後一口氣怎麼也能捱過這最後不到半分鐘的時間，但很可惜的，青火不吃體力，它吃精力。

精力，在這裡大概可以理解為精神力，或者用比較神棍點的說法，靈魂的力量。

才過了短短的幾秒鐘而已，我的感覺就已經像是三天三夜沒有睡覺一樣，很累，很睏，卻還要死命睜大眼睛保持清醒，身體是好的，但我全身都在打顫，頭昏腦脹到幾乎快要爆開，現在如果有張床讓我倒下的話，我估計會昏迷個兩三天都不醒人事。

『安慈公！撐住！』察覺到我的異常，青燈緊張地在我腦內喊話，紙妖也在旁邊飛舞著顯字，但是我根本沒有多餘的心神去看紙妖寫了些什麼，只覺得腦袋一片渾沌。

無論是哪一種小說，主角在面對這種危急情況肯定都能開外掛扛過去，不止扛過去，甚至還能大發神威的直接把對方給燒了，接著就會在蜈蚣怪的肚子裡頭發現幾顆〇〇內丹還××魔核的鬼精華，再來只要把這些內丹精華吃下去之後就可以脫胎換骨來個重塑金身。

皆大歡喜。

而事實證明這一切都是我小說看太多了，英雄主義很美好，金手指外掛很強大，但是當這些被挪到現實來之後，只有三個字可以完美的形容這段主角之路，那就是「想太多」。

我畢竟不是這類小說裡的主角，吃力的轉頭，眼角餘光看見娃娃的連結還差最後一步，但是我卻撐不下去了。

啊啊……只差一點點……真的……只差一點點……

我不甘心的想著，鋪天蓋地的疲倦有如海嘯般翻湧而上，身體支撐不住的跪了下來，周圍交織著的火線越變越細了。

「青燈，對不起……」我喘著氣，腦子裡最後浮現的念頭是要道歉，因為，「我真的撐不住了……」

這話一說完，我只覺眼前一黑，再也捧不住手中的火燄，整個人往前軟倒在地。

耳邊是青燈急切的聲音，但是我那遲鈍的大腦已經沒辦法回應她了，只能聽見她像是下了什麼決心般，堅定的說道：

『安慈公已經做得很好了，超乎奴家想像的好，莫怕，接下來請交給奴家吧，一切都不會有事的。』這段話說完之後，我感覺自己的手好像握住了什麼，青燈控著我的手，將那東西輕輕地晃了晃。

叮鈴……叮鈴……

那是鈴鐺的聲音，聽見這個聲音，我突然有種很安心很放鬆的感覺，之前心頭充斥著的自責跟沮喪在鈴聲響起的同時被安撫下去，這鈴音就像光一樣，掃去了我所有的負面思考，讓我整個人平靜了起來。

我不知道青燈做了什麼，只知道我現在非常的想睡覺，之所以還能撐著沒昏倒，是因為青燈還依附在我身上，即使如此，我大概也支持不了多久了，就在我這麼想的時候，我的耳朵聽見了一個訝異的聲音。

那是個陌生男子的嗓音，聽起來十分柔和，給人一種溫雅的感覺，聲音所說的並不是我知道的任何一種語言，但我卻能聽懂男人在說什麼。

「……青燈？不對，兩名半者？怎麼……」男人的聲音有些驚疑不定，「所以，才喚孤至此嗎？」

他說，然後我感覺到青燈在這個時候脫離了我的身體，本來就只是靠著青燈依附在強撐的我這時再也撐不下去，沒聽到青燈離體後說了什麼，也不知道那個自稱孤的男人到底是從哪蹦出來的，我只知道鈴聲再次響起，然後？

然後我就華麗麗的暈過去了。

『感謝您的前來，牧花者。』

青燈說，當然，這是我已經聽不見的事。

青燈・之四　黑白

燈者　引火守之　臨暗驅之
青煙渺渺處　長傳不息

黑暗，我置身於一片黑暗裡，不知道過了多久，純粹的黑色傳出了聲音。
『每個人的心中都有一把尺，天地之間也有所權衡……』
聽著這個聲音，我有些迷迷糊糊的，我想，這應該是一個夢吧，除此之外很難用其他說法來解釋現在這個情況。
夢裡有個模糊的身影輕輕地摸著我的頭，低聲告誡著什麼，那些話聽起來是那樣的熟悉，以至於我在夢裡感到一陣強烈的懷念，聲音慢慢地說下去，我沒捨得打斷，就怕我一開口，這讓人懷念到想落淚的聲音就要消失了。
所以我靜靜的聽，靜靜的感受這份懷念。
『小慈啊，你要當個有理的人喔……』
『爺爺，』我看見小時候的我走上前拉著那個黑影的衣角，稚嫩的說著，『爺爺你在哪裡？小慈很乖，可是小慈找不到你了。』
黑影沒有說話，看不見他的表情，但是感覺起來像是在笑，他笑著，拍了拍幼小的我的頭，然後拉著那個小小的我，慢慢的消失在夢境的深處。
我的眼眶有些濕，睜開眼睛的時候，視線在水氣的影響下變得有些模糊。
「爺爺……」
我喃喃低語道，情緒還沒有從那場夢裡恢復過來，只是茫然的看著古色古香的天花板，唔，這真是個特別的地方，居然連天花板都是用竹子搭起來的，想來我躺著的也是竹床吧，就是不知道下雨的時候這裡會不會漏水……

……

………

嗯？等等，竹子？

我立刻坐了起來，扶著因為消耗過度而顯得還有些暈眩的腦袋，因為青燈附身的關係而變長的頭髮在我眼前晃啊晃，但我卻無心去理會，只急急忙忙的打量四周。

「這是哪裡？」我心裡沒底的看著周遭，觸目所及全是陌生的景色，不是捷運站也不是那個什麼奇怪的結界空間，是個我完全不認識的地方，古意盎然的，有窗戶，是要用棍子頂開撐著的古典設計，現在是關閉的，周遭還掛著幾張古琴。

雖然還沒入門，我對琴的認識僅止於網路上估狗到的那些，可即使如此，我也知道那些琴絕對是很棒很棒的好琴，有錢也買不到的那種，除了琴之外就是一些很簡單的傢俱，一張矮桌、一個貼著牆的櫃子，還有我身下的這張床，全部都是用竹子做的。

深紫色的竹子散發著淡淡的香氣，很有提神的感覺，在都市裡生活久了，很少能聞到這種自然清新的味道了，但是我現在卻沒有那個心情去細細品味，綜合這些觀察所得，一個不是很妙的念頭從我腦袋瓜裡蹦出來。

這個，我該不會是穿越了吧……

滿臉黑線的思考著這個很扯的可能性，嗯，一定是因為太累的關係，這種只有阿祥才說得出口的爛可能我居然還要花快半分鐘的時間去否定，真的是太累了。

迅速把「穿越」這兩個自從我腦內拍飛，我撐著起身摸到桌子旁，桌上有人備好的茶水，茶壺是熱的，還有個裝了八分滿的杯子正在冒著熱氣，顯然不久前還有人在這裡，然後在我醒來之前倒好茶離去了。

矮桌旁沒有椅子也沒有凳子，倒是擺了個像座墊的東西，不知道是什麼草編成的，摸起來很紮實。

我在角落發現了我的背包，在這個到處是古意的地方，我那現代化的包包看起來十分突兀，拉過包包，裡頭的手機錢包什麼的都還在，但是紙妖不在，試著把口袋裡的打火機拿出來呼喚青燈，但是青燈也不在。

這讓我有點慌了。

孤身被丟到一個莫名其妙的地方，任誰都會發慌的。

「青燈?紙妖?」晃了晃腦袋，企圖將虛弱的感覺甩開，我把包包隨意擱在地上後朝門外走去，這門當然也是用竹子做的，此時只是虛掩著，我伸手過去輕輕一推就開了。

在打開竹門看到外頭的瞬間，我的呼吸為之一滯。

紅色。

怒放的、豔麗的紅整片延伸出去，成千上萬、一望無際，數不清的紅色花朵占據了我所有的視野，一片一片地綿延到天邊連成一線。

純粹由曼珠沙華組成的豔紅花海。

有道是數大便是美，所以眼前這滿地紅花的確也算是某種美麗的景色，但這種美卻讓我感到一股沉重的壓抑，我不知道這種沉重的感覺是從哪來的，明明是那麼難得一見的壯麗景觀，卻讓我覺得呼吸困難，只想躲回竹屋裡裝做什麼都沒看到的繼續昏睡。

將我從這片花海中拉回神的，是一曲悠揚的琴聲，琤瑽的樂音響起時，那種令人窒息的壓力頓時消散，這讓我忍不住喘了幾口氣，喘完之後才發現我從開門起就一直屏著呼吸。

如果琴聲沒有適時響起，我搞不好會把自己給憋死。

是誰在彈琴？

我有些疑惑的左右張望，但是左看右看都只能看到紅花，是說，到底是誰能在這種壓抑萬分的鬼地方彈琴啊？不知道該說是有雅興還是神經大條了，不過，不管是前者還是後者，我現在該做的是趕快先找到這個琴師，好好問清楚這裡是哪裡，順便尋找一下青燈他們的蹤跡。

打定主意，我試著踏出竹屋的範圍，這一腳踩出去，神奇的事情就發生了。

竹屋的前方讓出了一條道路，就像是紅花自己往兩邊挪動開來一樣，我的眼前出現了一條大概只夠一人通過的小道。

當真是昔有摩西分紅海，今有左氏分紅花……嗯，我知道不好笑，但是非常時刻就要懂得三不五時的自我解嘲，否則等到被壓力弄垮的時候才想到要開解就來不及了，這是阿祥在吐槽了我N百次之後告訴我的真理，老樣子的毫無根據，但不可否認的是這話的確有些道理。

畢竟，無論是什麼樣的事情，總得先自己不垮才能去解決，不然一切都是白搭，阿祥那傢伙的狗嘴雖然吐不出象牙，但吐出個犬齒還啥的倒是綽綽有餘。

我撇撇嘴，順著紅花分出來的道路走過去，琴聲響徹了整個空間，讓人無從得知最初的音源到底在哪裡，可我並不擔心，因為我相信眼前這條「路」會帶我到琴師的身邊。

一路上，我都盡量不去碰到那些怒放的花，原因說起來挺可笑，因為這些花給我不懷好意的感覺，要是這些紅花的品種是玫瑰的話我可能還不會有這種反應，可該死的是它們全部都是彼岸花，跟燈火幻化出來的紅花有著相同的模樣。

仔細回想起來我今天的一連串悲劇就是從那朵火焰彼岸花開始的，經歷過那些慘淡的遭遇後，我現在看著這些花都會忍不住猜想著它們的花蕊裡是不是都長著一顆鬼眼珠？會不會突然變成怪物朝我抓來？這種沒來由的懷疑跟警戒讓我整個人顯得很戰戰兢兢。

這大概就是所謂的一朝被蛇咬，十年怕草繩吧……

心底無奈苦笑，我目不斜視地走在小路上，沒走多遠，大概走了百來公尺的距離左右，這條由花朵讓出來的路明顯地寬闊起來，然後在我視線的前方出現了兩個人影。

這個時刻我真的很想高呼哈雷路亞，在心底感謝了耶穌媽祖土地公等各方神明的庇祐後，我加快了腳步走過去。

兩個人，其中一個背對著我坐在地上，雙手拂動著某種旋律，看動作這應該就是正在彈琴的琴師了，另一個則是青燈，此時正襟危坐地在那個人面前，臉上是初次見面時的清冷，怎麼說呢，很「青燈」。

如果不是她緊握的小手洩漏了她的情緒，我真的會以為自己看到的是當時那個沒有被我瓜分掉天賦的她。

為什麼要擺出這樣的神情？

看著這樣的青燈，我的腳下不知不覺地放慢，目光也忍不住往那個彈琴的背影看去，果然，很熟悉，就是莫名出現在我腦海的那個背影，如夜色般的長髮隨意地披散而下，穿著樣式簡單的古服長袍，袍子是黑中揚赤的玄色。

沉穩、平靜。

光是看著這個背影，就將我方才找到人的快樂、看見青燈神色時的困惑，還有發現對方曾出現在我腦海中時的驚疑……等諸如此類的情緒起伏給去除得乾乾淨淨，只剩下一派的平和。

他是誰？

我有些失禮的盯著對方的後腦杓看，這人身上沒有什麼裝飾品，從我的角度看只能知道他在頭部綁了什麼，作為繫繩的絲帶在腦後打了個簡單的結，順著長髮垂下，絲帶的尾端附有白色的長穗，點綴在墨黑的髮上成了唯一的一抹白。

我就這樣傻站了一陣子，聽著那能讓人平靜的曲子，一直到他將這首曲子給全部彈完，琴聲落下了最後一個音時，我才想起我要幹什麼。

但是在我開口之前，那個男人側過頭，嘴邊帶著和煦的微笑望著我，像是早就知道我在這裡一樣的問道：「身體，可還有不適之處？」

一樣是我不懂的語言，但是完全能明白他的意思，這真的是很神祕的體驗，我下意識的搖頭回答問題，看著這個放下琴轉過身來的男人，這才發現他綁在髮間的絲帶不是什麼額帶裝飾，而是為了固定臉上的面具。

看不出是什麼材質做的銀白色面具遮住了男人上半部的臉，只露出了好看的嘴唇跟優雅的下巴，不知為何，雖然只能看見他一半的臉，我卻覺得這個人一定長得很美，那張隱藏在面具下的臉肯定是風華絕代的。

我忍不住想像起對方的面容，因為專注於想像的緣故，我忘了這樣一直盯著人家的臉看是很不禮貌的行為，也沒注意到在後面端坐著的青燈有些欲言又止，像是想打斷我的注視，卻又覺得自己不方便出面的模樣。

最後是那個被我一直盯著看的男人開口了。

他似笑非笑的看著我，「孤的面具，令你如此在意嗎？」

「嗯。」突然被問，我很老實的點頭了，完全沒想到這個回答合不合宜，而青燈這時終於忍不住了。

『安慈公，』她努力維持著平淡的聲線，『這一位是牧花者，不可無禮。』

牧花者？那是啥？

我的眼睛在發呆，牧花者的微笑更深了。

「無妨，」他的手隨意地朝青燈的方向虛按一下，轉頭微笑了下示意自己並不介意，然後才回頭過來看我：「事情，孤已經大略聽說了，以人子之軀引動青火，你也辛苦了，吶，先坐下來吧。」

欸？青火？

聽到對方這麼說，我的臉上有些發燒，隨便找了個乾淨的地方坐下，「沒、沒有的事，最後還是撐不到最後……」我尷尬的說，然後像是現在才想起這件事情般，緊張的叫了出來，「那隻蜈蚣呢？娃娃呢？還有紙妖他沒事吧？」

我不知道昏過去的這段時間究竟發生了什麼，眼下似乎是個詢問的好時機，所以我就不客氣的如倒豆子般的把問題拋出去。

牧花者沒有回答，而是青燈將問題接了過去。

『紙爺同鏡妖一起回鏡空間裡了，那兩位需要一個適宜的地方調養生息。』

調養生息？「他們怎麼了？」難道受傷了？

『只是出力過度而已，不礙事的，請安慈公寬心。』

「這樣……那就好……」知道那兩個沒事，我的心頭一鬆，緊接著又想到另一個問題，關於那個蜈蚣怪，青燈並沒有說明牠的去處，「那隻蜈蚣呢？呃……你們把牠解決掉了嗎？」我滿心期待的問，然後得到了青燈的搖頭。

『很遺憾，現在的奴家並沒有能力將其斬殺，能護住安慈公已屬不易，只能放牠逃掉了。』她頗為可惜的說，而我很自然的將視線移到那個牧花者身上。

青燈的能力被我瓜分，我又是個暫時只能扯後腿的廢柴，所以她對蜈蚣怪無計可施是可以理解的，但是這個男人不一樣，在他的身上，我感覺到一股比洛神妖仙都還要來得強大的氣場，雖然他一直都保持著溫和的微笑，整個人看上去人畜無害的樣子，可我相信，只要他願意的話，那條蜈蚣怪絕對是彈指間就能收拾掉的貨色。

所以蜈蚣怪會逃掉，絕對不是他能力不夠的關係，而是他當時根本沒有出手。

可是，這又是為什麼呢？既然都願意花工夫闖進蜈蚣怪的空間裡了，為什麼不願意順手把那條蜈蚣給收了？這對他來說應該只是舉手之勞而已吧？

我對此感到大惑不解。

像是聽見了我的疑惑，牧花者迎著我的目光，淡淡地點頭：「你想的沒錯，孤並非無力出手，而是不願，」他說，聲音聽起來是那樣的令人如沐春風，但是內容卻不是這麼一回事，「既接下青燈之職，就必須有青燈之能，掠道者乃是青燈的職責之一，若對方是超出青燈能力範圍的存在，那麼孤出手即為理所當然之事，但此次……要知道，孤不可能每次都前去幫手。」

也就是說，那個蜈蚣怪距離他的出手底限還很遠，我必須學著去應付這種程度的角色，看來這個牧花者是那種很典型的絕對不會直接給你魚，而是會將釣竿魚簍塞過來的人。

「孤的意思，你明白嗎？」他淡淡的說，嘴邊依舊掛著柔和的微笑，但我卻有種被師長責備的心虛感。

依賴別人是不對的行為，顯然我對「身為一個青燈」的覺悟還不夠，可這也是難免的嘛，不久前的我還只是平凡的死大學生，日常生活裡最大的危機就是報告考試跟點名……唉，已經回不去了啊……

我這麼想著，在心底默默垂淚，然後頗為哀傷的低下頭以示受教。

「我明白了……」靠山山倒靠人人跑，最後還是得靠自己才行，「那，請問我該怎麼樣才能搞定那隻蜈蚣？」雖然頂著青燈的頭銜，但我依然只是個普通的大學生，既然你不願意直接給我魚，那至少教我怎麼用釣竿吧？

我眼巴巴的看著牧花者，牧花者則是一個轉頭望向了青燈，這讓我很自然的順著他的視線一起往青燈的方向看去。

在雙重視線的注目下，青燈搖頭發出了嘆息，『很遺憾，安慈公畢竟是從未修行過的人子，依靠半妖血緣雖能引動青火，卻不足以操控，也無法維持太久，硬要使用的話只能支持一小段時間……尋常的青燈之法並不適合安慈公。』

聽完青燈的說法，牧花者沉吟了一番，而我則是嘿嘿乾笑。

真是抱歉啊，我就是個不懂什麼叫修行的普通人類，半妖的血統用不了青火我也是千百個不願意啊，扁扁嘴，我鬱悶地戳著黑色的泥土地，是說這個土壤的顏色也未免太黑了吧，雖然有聽說黑土是最肥沃最好的土壤，但是黑到這種地步也太誇張了點。

宛如將其他顏色全部吞吃殆盡的黑，如果不是這片土地上頭還長著滿坑滿谷的曼珠沙華，我真的要懷疑這些土其實並不是土，而是偽裝成泥土的硬化墨汁團。

就在我自怨自艾的戳著黑土畫圈圈時，牧花者發話了。

「手，可否借孤一觀？」他對我伸出手來，我看著那只修長的手，有些愣住，這個……難道要給我看相？我有些侷促的將手中的泥土給拍乾淨，早知道他要借我的手拿去看的話，我就不會戳著土耍鬱悶了。

「哪隻手都行嗎？」分不分男左女右啊？

「嗯，都可以，不必那麼緊張，孤只是看一下，不會對你做什麼的。」牧花者說，唇邊揚起的漂亮弧度讓人很難升起戒備之心，戴著面具都還有這種效果，如果讓他把面具摘下來再這麼笑上一下的話，沉魚落雁可能就會升級成天崩地裂了。

我腦中一邊想著這類五四三，一邊像花痴一樣的盯著牧花者的笑容將右手給送出去，接著就感覺到一雙帶著琴繭的手捏了上來，這跟我最初想像的把脈姿勢完全不同，他先是用左手握住我的手掌，右手則反扣到了手腕上。

牧花者的體溫出奇的低，雖然不至於到冰塊的程度，但也跟便利商店販售的冷飲有得拚，這讓我的手在接觸到他的時候反射性的顫慄了一下，他的左掌貼著我的手心，右掌貼著我的脈搏，周遭整個沉默下來。

我不知道這個時候該做什麼，只好傻傻的研究起他那雙彈琴的手，嗯，真的是一雙專業彈琴的手啊，左手的指甲修剪得非常整齊，右手則是除小指之外都有留一點指甲出來，是一雙有著優美線條，極具骨感的修長的手。

如果不是礙於琴繭的緣故，這雙手去做手模特兒絕對是綽綽有餘了。

就在我津津有味地研究著牧花者的雙手時，突然，某種不知名的力量開始從那雙冰冷的手傳遞過來，我的整條右手臂立刻出現了奇妙的酥麻感。

這種感覺有點像被電療，某種力量從對方的手中一跳一跳地傳送進來，讓我整條右手的肌肉被動的發出了輕微的抽搐，說不上舒服還是不舒服，真要形容的話……有點像是把腳給壓到整個麻掉之後，再試著讓血液重新回流時會有的那種感覺。

說不上痛，也不能說癢，就只是讓人很想搥牆壁而已。

就在我忍著不揚起拳頭敲地的時候，我很驚恐的發現那個詭異的感覺開始擴散了！我的媽啊！一條手臂還不夠，難道要整個身體過一遍才算完嗎？

「哈哈哈、啊哈哈哈———！」慘叫出來太丟臉，我在那個微妙的感覺充滿整個身體的那個時候，死命的開始放聲大笑。

沒辦法，不這樣笑的話我怕我會哭出來，那樣可是比慘叫還要丟臉數十倍，所以我寧可引人側目的大笑也絕不要當場大哭。

在我笑到一口氣差點喘不過來的時候，牧花者終於鬆開了他的手，我頓時如蒙大赦，迅速將手抽回來用力的甩啊甩，說也奇怪，在他鬆手的同時那些奇怪的感覺幾乎是立刻就跟著消散不見，只是我仍然心有餘悸，用力的甩了幾下手確定一切真的恢復正常了才停下。

可惡，被那個和煦的笑容給騙了，什麼叫做「不會對我做什麼」？這樣最好是沒做什麼啦！我含淚的瞪著牧花者，但是對方卻直接無視了我控訴的視線，只是專注地看著自己的雙手沉思，片刻過後，才抬頭起來看我。

「你……」

「幹嘛？」我可是不會再受騙上當的！收束雙手交叉在胸前，我餘悸猶存的看著牧花者，想著如果他還要跟我借手的話，我一定要堅定的拒絕掉。

然而他接下來說出口的話卻大出我意料之外。

銀白色的面具直直地朝我望了過來，雖然遮住了大半的表情，但我覺得牧花者現在正用一種探詢的神情在看著我，「人子啊，孤到現在還不知道你的姓名呢？」

呃……只是要問名字嗎？「我叫左安慈……」

「左？你姓左？」像是弄明白了什麼似的愣了一下，然後他笑了，用一種帶著追憶跟些許懷念的溫柔聲音，輕輕地開口問道：「左墨……是你的什麼人？」

左墨？

聽到這個名字，我的眼睛頓時瞪大。

「你認識爺爺?!」我驚訝的叫了出來，腦袋瓜活像是被扔下了重磅炸彈一樣的亂成一團，因為太過驚訝了，所以我沒發現牧花者在聽見我喊出爺爺這兩個字時出現了一瞬的詫異。

「爺爺？」歪頭，他不是很確定的追問，「是親爺爺？」

廢話。

被別人質疑了自己跟爺爺之間的血緣關係，我臉色有些不太好看，但是礙於青燈在一旁的冷然視線，我不敢發出什麼大不敬的字詞，所以只能把悶氣往肚裡吞，用力的點頭，「當然是親爺爺啊，嫡親。」

我加重了最後兩個字，然後就看到牧花者露出了十分震驚的模樣，好看的唇瓣因為太過訝異而微微張開……老實說，一般人要是做出這種表情，我一定會覺得對方看起來很呆很蠢，但正所謂好看的人就算是笑得像個傻瓜也還是好看的，所以牧花者現在不但看起來不呆不蠢，還恰恰相反地顯得性感非常，可惜手邊沒相機，不然真想快拍一張留念。

就在我決定以後都要隨身攜帶照相手機的時候，牧花者像是想通了什麼似的笑了出來，邊笑邊搖頭。

「原來如此，竟然連孤都被擺了一道……」他笑著，面具下的那雙眼非常直接地盯著我瞧，看得我有些發毛。

「怎麼了？」幹嘛這樣看我。

「沒什麼，只是孤從沒想過，左墨的『孫女』居然會是個男孩。」他這麼說道，將右手握拳之後伸到我前方的地面上，像是要放下什麼似地慢慢鬆開——

——有兩個東西從他的手裡掉了出來。

那是一個黑子跟一個白子。

看著這兩個棋子，我的腦中想起了很久以前爺爺所下的一個又一個的深夜棋局，同時，某個被我遺忘許久的深紅色的夢境也跳了出來，那夢裡的紅色花海跟那個彈琴的男人，不就是眼前的這塊地方，跟眼前的這個人嗎?!

「你……」我有些呆滯的將目光從棋子上頭轉移到牧花者身上，突如其來的轉折讓我有些無法接受，同時也意識到一個長久以來被我忽略掉的問題。

爺爺，你到底是什麼人……不，到底是什麼樣的半妖啊？

看著我驚愕無比的表情，牧花者只是雲淡風輕的笑著，沒有收回那兩個棋子，他轉頭對青燈點頭致意，「既是左墨的後人，那麼掠道者一事就有解了。」

『左墨……？』青燈很疑惑地重複這個對她來說很陌生的名字，不懂為什麼牧花者會這麼說，而老實講，我也不懂為啥牧花者會突然這麼肯定。

「那是一位有趣的友人，不久前由你的上任接引到了另一端。」牧花者說，這個朋友宣言讓我再次認知到爺爺的神通廣大，而那個「不久」的發言則是讓我認知到妖怪的時間觀果然跟我們不一樣，爺爺已經走了十幾年了好嗎！這樣最好是不久前啦！

還有更重要的是，爺爺啊，你不只是會玩陀螺下圍棋，偶爾泡個茶賞個月順便跟孫子賣賣萌而已嗎？到底有多少事情是我不知道的？而在這些不知道的事情裡頭，又有多少是你藏著不讓我知道的？

看著牧花者，我有些茫然，然後他就在我這茫然的視線下，空手翻出了一本看上去頗有年代的書來，那書不管從什麼角度看都可以位列骨灰級，本來的裝訂已經散了，可以看出後來用棉線重新綁起來的痕跡。

他將這本古書放到我面前，「這是左墨遺留在孤這裡的東西，既然你來了，那麼，想來就是留給你的了。」

「……這什麼？」看著那個骨灰等級的書冊，我有點不敢伸手去碰，就怕把書給碰壞，封皮上只有在中間寫了兩個字，筆劃的感覺應該是篆書，總之我看不懂，「爺爺留給我的？」

「是，此書名曰《符道》，該是目前最適合你的書，」牧花者肯定的點頭，從一旁拿過自己的琴開始有一下沒一下的調整著，這時我才發現那張琴上頭居然貼著一張符，不知道是幹什麼用的，「好好地參詳一番吧，只消得其一二，那名掠道者對你來說就不是太大的威脅了。」

呃，這符道有這麼猛嗎？

我的表情有些怪異的看著那本書，像是察覺到我一臉的不太相信，牧花者很淡定的追加了一句很打擊人的話：「那名掠道者只是十分孱弱的存在，沒問題的。」

……孱弱嗎？

我的臉忍不住地抽了一抽，青燈在此時有些好奇的湊了過來，『安慈公，先看看吧，若是文字上有困難，奴家跟紙爺都可以幫忙的。』

「妳來就好，紙妖的話還是算了吧。」那張紙過來只會搗蛋而已，這麼珍貴的古書我可不希望出什麼差錯，深吸了幾口氣，我小心翼翼的捧起那本書翻開第一頁——

——**阿囉哈～小慈親親，想我嗎？**

蒼勁有力足以媲美書法家的毛筆字，跟內容形成了強大的反比。

我放空了三秒之後輕輕地將頁面蓋了回去，然後重新深吸幾口氣試圖平復心底溢起的某種驚滔駭浪的情緒。

啊啊，仔細回想起來，為什麼我能夠一直容忍紙妖跟阿祥這兩個大白目呢？其實原因很簡單，就是因為我的爺爺是個比阿祥比紙妖都還要更加強大的白目，只是一直以來我都在回憶與爺爺相處的快樂，所以就下意識的忘了他其實也是個白目的事實。

『安慈公，這書果真深奧，奴家居然看不懂方才那第一頁的涵義……』青燈一臉凝重，而我的臉色則更加的凝重。

「不要看懂那種東西。」咬牙切齒地，我這麼說，然後忍住一把將書給撕爛的衝動，直接翻開了第二頁——

——小慈親親，做人要按部就班啊，跳頁什麼的爺爺可不允許喔！還不快快翻回去。

……

…………

這一瞬間，不知為何，我好想殺人。

爺爺，你就不能稍微維護一下你在我心中的美好形象嗎？

書頁再次闔上，就在我暗自垂淚的時候，像是在試音又像是隨意撥弄出來的琴音叮叮咚咚的響起，讓我跟青燈很自然地朝牧花者身上看過去。

「差不多是時候了，」揚著平和的笑意，他對我們說，「耽誤了些許時刻，孤該彈下一曲了，兩位要留在此處聆聽，還是要去孤的竹居休整一番呢？」

我要留下來聽！這可是超級大師級的演奏啊！

聽到牧花者的提議，我腦中閃過的第一個念頭就是這個，這種會讓人聽到直接忘記時間的琴曲，要是錯過的話那實在是太對不起自己了。

然而這樣的念頭才剛閃過腦海，我那欣喜的神色就整個僵住了。

時間！對啊！時間！我怎麼會忘記這麼重要的一件事？現在是什麼時候了？我慌慌張張的抬起左手看錶，上頭的時間顯示是七點二十一分，秒針沒動。

不會吧？停了？

我錯愕的拍了拍錶面，秒針還是沒有半點要動的意思，這讓我心底更慌了，七點二十一分，看這個時間點，難道是我踏入結界陷阱的時候就停掉了嗎？不對，在踩進陷阱之前我才看過時間的，那時候是七點十五分，那這之後多跑了的幾分鐘是怎麼回事？

難道說是在結界裡頭被蜈蚣怪噴壞了？還是說有其他原因？唉唷，不管了，總之現在到底是什麼時間了？外面是白天還是晚上？重點是，今天還是我所認知的那個「今天」嗎？

完蛋了，我下午做好的那個報告是隔天就要交的，占總成績一分啊！如果說現在已經是那個「明天」了，那我的一分不就飛了？虧我還那麼努力的趕工結果卻是這樣的下場嗎？而且我記得交報告的同時還要抽考的，要是無故不到的話……

「現在、現在什麼時候了？」我的臉色從青轉白接著混在一起變成哆嗦的紫，有些結結巴巴的問道，卻得到兩個明顯陷入沉思的表情。

呃，只是問個時間而已，這應該不是什麼太難的問題啊，你們的表情看起來像是我問了什麼很哲學很難懂的事情一樣？

沒過多久，我分別從兩人的口中得到了回答，不過這個答案有跟沒有是一樣的。

「很抱歉，孤對於你想知道的時間沒有什麼概念，」手上調著琴弦，牧花者歉然說道，「這個問題孤實在給不了答案，還請勿見怪。」

「沒事沒事，你太客氣了。」雖然才剛被他整了一個哭笑不得，但是面對這麼溫文有禮的姿態，我實在興不起什麼負面的情緒，反正，我本來也沒指望他會回答得出來，能把「十幾年」的光陰當成「不久前」來看待的人，對時間沒有概念是很能理解的。

於是我將滿含期待的目光轉向青燈，然後終於看到她的臉上出現了清冷之外的表情，那就是尷尬。

『安慈公，實在對不住，』開場就是一句道歉，讓我的心立刻涼了一大半，『奴家顧著同牧花者說明事情的始末，其他的事情就沒有特別去注意，所以奴家也不清楚現在究竟是什麼時辰……安慈公？您還好嗎？』

一點都不好。

哀莫大於心死，我有種欲哭無淚的感覺，在這種沮喪的心情下，我整個人呈現失意體前屈的姿勢，如果可以自帶背景特效的話，我的正上方應該充滿了烏雲跟烏鴉，啊啊，前途無亮就是這種感覺吧。

可能是被我這有些誇張的反應給嚇到，牧花者手上的撥弦聲停了下來，「何以如此沮喪呢？無法探知外界的時間是這樣嚴重的問題麼？」

『呀，』聽到牧花者的推斷，青燈立刻反應過來，『是學堂的事兒？』

「嗯……沒錯，是學校的事情……」無力的點點頭，我的失意體前屈做得更加標準了，拍照上傳的話應該可以成為經典範例，哈哈……現在衝回去可能也來不及了吧，阿祥那傢伙絕對不會幫我交報告的，他不要忘記交他的就不錯了。

「這下死定了，無故曠課缺考被抓包不知道要被扣多少分……」喃喃自語著，我只差沒有直接整個人趴在地上哀悼我的成績了，而就在我叨念著「時光啊能不能重來啊」之類的鬼話時，牧花者的聲音有些遲疑飄了過來。

「雖不知是何事如此困擾你，但你或許誤會了孤的意思，」他很淡定的看著我，手下將停滯的弦音彈了下去，「孤對外界的時間沒什麼概念，是因為孤的地方跟外界有著很大的不同，這份不同，應該可以令你不那麼沮喪。」

「什麼意思？」我重新調整姿勢坐好，不太明白牧花者想表達什麼，我當然知道這裡跟外頭不一樣，怎麼看都覺得這裡像是哪個不知名的異空間，而且從頭到尾就只遇到了牧花者一個人，其他除了花之外就是那間紫竹做的屋子，更多的就沒有了。

就在我思考著到底是哪種不同時，牧花者的下一句話將我整個人打矇了。

「你可曾聽過，天上一日，人間十年？」

「欸？」

「雖然不知道這塊地方有沒有達到一日十年的程度，但這裡的時間流逝相對於外界來說的確可謂之緩慢，」他微笑的看著我，在發現我目瞪口呆的表情時，笑容變得更加溫暖了，面具下的平淡視線也跟著親切起來，「真令人懷念，左墨當年在聽見這番話時，也露出了與你此時並無二致的神情呢。」

他如此喟嘆道，而我的大腦則在努力的接收這個訊息，沒有注意到牧花者在最後又提到了爺爺的名字，並且予以追憶的神情。

這是很久以前曾經有過的一席話。

「唉，都來好幾次了，有件事情一直忘了問啊，我是左墨，你叫什麼名字？」

「他人皆稱孤為牧花者。」

「我不想當什麼他人，」面目清秀的少年一臉正經的說，手上拿著毛筆很努力的在書寫著什麼，「我是來跟你做朋友的，既然要當朋友，互換個名字應該不過分吧？」

「總是利用孤的地方來趕作業的朋友？」

「啊哈哈，不要介意這麼多嘛，」少年燦爛的笑著，「大不了我下次陪你下圍棋，我的圍棋可是挺厲害的。」

「……赤染，」像是被少年的笑容打動，他鬆口了，「孤，名為赤染。」

青燈・之五 彼岸

人之死，鬼差領路至羅殿，惡者，閻者審之。
妖之死，青燈提引渡燈橋，凶者，赤染縛之。
於是眾生或極樂、或輪迴、或貶獄，但看己身矣。

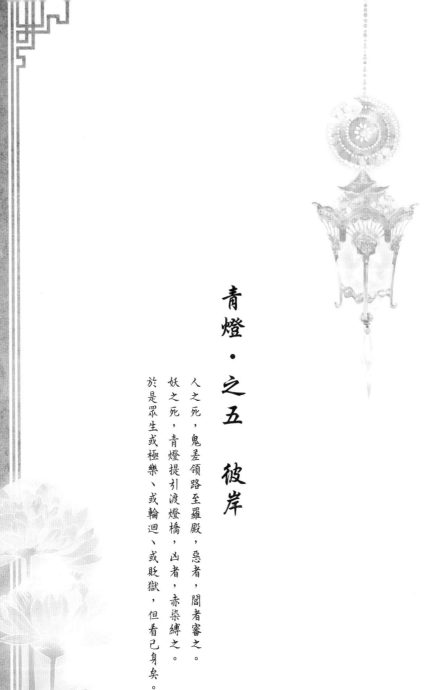

天上一日，人間十年？

這什麼意思？有些困難地消化這個不可思議的訊息，我過了半晌才反應過來。

難道……在外面過上一天，就等於在這片紅色花海過上十年嗎？不，等等，牧花者說了他自己也不太清楚，所以也有可能是外面一天，裡頭一年……當然，不排除後面的數字會是百年跟千年的可能性，但是那太可怕了，我真的不敢去想。

這樣根本就是妖怪版的精神時光屋嘛！

這樣說來，與其說他對時間沒有概念，不如說外界的時間對他來說根本不具意義。

我再次低頭看向我的錶，嗯，照這說法看來我的錶並沒有壞，只是走的速度被大大的放慢了，也就是說，現在外面的時間還是維持在同一天的七點二十一分……

……太好了！我的報告！我的總成績！

心情整個晴朗起來，這下我有閒情逸致可以來好奇了，「這種精神時光屋……呃，我是說，這種跟外面時間會有落差的地方，有很多嗎？那個蜈蚣怪的結界也有一樣的效果？」

「呵呵……」聞言，牧花者輕笑了一下，淡淡的搖頭，「這個地方，比較特別一點。」沒有回答的回答，但我卻知道答案。

也是，如果這種地方到處都有的話，那麼世界上老早就一堆百年千年甚至上萬年的大妖了，不過這樣又有問題了，「既然這裡的時間這麼好用，那怎麼只有你在這？」精神時光屋耶！用小說角度來看就是修行聖地了，只有一個人占用這種資源怎麼想都很奇怪，不合常理啊。

話才剛說出口，我就知道我問錯問題了，那是一種很奇妙的氛圍，只見牧花者保持著一貫的微笑低下頭去專注地看著他的琴，而青燈則是露出了「你怎麼會這麼問？」跟「你怎麼可以這麼問？」的眼神，當場讓我有種手足無措的感覺。

這個……難道我踩到地雷了？這問題不能問嗎？

可為什麼不能問啊？

一時之間，除了牧花者那有一下沒一下的撥弦音，就只剩下我小心翼翼的呼吸聲，媽啦，說點話啊你們，這樣子我大氣都不敢喘一口耶！

在體驗了什麼叫度秒如年的感覺後，終於，牧花者開口了，柔雅的嗓音在這個時候聽起來更加天籟，「吶，要聽孤彈一曲嗎？」

「要！」現在你彈什麼我都聽！就算彈〈兩隻老虎〉我也聽！只要能讓我擺脫這種奇怪的氛圍就好！

於是琴聲響起了，而當曲目來到中段的時候，清雅的歌聲開始加入，不得不說，牧花者的聲音真的很極品，好聽到我都想錄下來回家重複播放了，這樣的聲音如果去當聲優的話絕對會大紅大紫。

唉，手機，我不應該把包包留在那個竹屋裡的，不然的話現在就可以用手機把這段歌聲給錄下來了，我在心底無限惋惜的想著，聽著那不知名的詞曲，這不是我所知道的任何一首歌，內容似乎是跟回憶有關，我的文采不足以將歌詞內容給翻譯出來，硬要翻的話，這首曲詞的美感大概會被我破壞殆盡。

就像是「歸去來兮」跟「回家去吧」之間的差別，雖然都是四個字，就意義上來說也是一樣的，但前者給人感覺就很文雅，後者則是通俗到讓人忍不住產生落淚的衝動。

嗯，只得意會不能言傳。

一曲奏畢後，我下意識地拍著手，然後發現我的臉頰上爬著淚痕……

……啊啊！好丟臉！

「對不起，很好聽的，真的，只是不知道為什麼會這樣……」我有些慌亂的在臉上亂抹一通，身為一個男子漢，聽曲能聽到哭出來也未免太誇張了點，我一邊道歉，一邊遮掩著自己的尷尬，看到我這樣子，牧花者倒是頗為開心的笑了起來。

「你也是個感受力很強的人呢，」唇角的弧度加大，他笑吟吟的看著我，「能得到這樣的反應，對一名琴師而言是最高級的讚譽，孤很高興。」

「不不，能聽到這樣的琴曲，是我的榮幸才是……」

「雖然兩位是孤十分難得的客人，不過，既然客人尚有要事需處理，那麼，孤還是先送你們出去吧。」

他說，接著就抱琴起身，看到他的動作，我也趕緊跟著站起來，起來的同時順手把那本爺爺留下的符道書帶上，這時我才發現，那兩顆圍棋棋子不知道什麼時候不見了。

奇怪，剛剛聽琴之前明明還在的呀，怎麼一轉眼就沒了？

「來，這邊走。」

沒等我疑惑完，牧花者就已經領在前面了，我只好拋掉那個疑惑趕緊跟上，牧花者比我想像中的還要高，身型修長的同時……他的頭髮也好長啊！

剛剛他坐著的時候還沒什麼感覺，看到他站起來走之後我才發現他的頭髮居然長到腳踝那邊去了！這已經是快要拖地的等級了啊！我在附身後遺症下變長的頭髮才剛過腰而已就覺得脖子有點痠了，他頂著這一頭不重嗎？

可能是我的目光太強烈，領在前方的牧花者突然發話了。

「怎麼了？」他頭也不回的問，讓我嚇了一跳。

「沒、沒什麼，我只是在看你的頭髮……」

「頭髮？」牧花者有些意外地偏過頭來看了我一眼，然後很快地轉回去，一邊帶路一邊說道：「前陣子為了煉製琴弦，稍微截去了一段，沒想到你居然看得出來，實在令孤驚訝。」

「欸？」不，我根本沒看出來，我只是因為很少看見這麼長的頭髮所以忍不住多看了幾眼……呃……等等，截去了一段？所以說現在這個長度居然還是被剪過的？那沒剪之前到底有多長啊?!

我在心裡無聲的吶喊著，嘴巴不敢置信的張成了O形，本來想看看身旁的青燈是什麼樣的反應，可我一轉頭，就有些呆掉了。

青燈用一種很可惜的目光看著牧花者的髮尾，雖然她很完美的用低頭來掩飾，但我知道她的視線其實一直都停留在牧花者的腳踝邊，盯著那聽說是被截斷過了的髮梢。

「毋須掛懷，很快，便會再長回來的。」像是要安撫什麼似的，牧花者說，然後我看到青燈很快地眨了眨眼，長長的睫毛搧動著，緊接著有點可疑的別過了頭。

少女嬌羞。

在這一瞬間，我的腦中浮現了紙妖那張白目所顯示的四個大字，雖然那四個字幾乎是在一瞬間就被燒掉了，但我還是看得很清楚。

不是吧。

我忍不住偷偷轉動著眼珠來回地看著牧花者的背影跟青燈的側臉，這個，這兩位難道有什麼特別的八卦存在？可一個是溫文如水，一個是清冷如冰，雖然現在如冰的那個因為意外而起了變化，但還是很難把這兩個連在一起想啊。

重點是，如果讓青燈知道我有這種八卦想法的話，她絕對會很生氣的開始對我進行教育指導，並且耳提面命地要我隨持保持對牧花者的敬重之心，不得無禮，至於這種接近失禮的想法更是連想都不該想。

在見識過青燈秒燒紙妖的威武霸氣後，我很有理由懷疑這個話題其實是青燈的逆鱗，所謂真相誠可貴，八卦價更高，若為生命故，兩者皆可拋……為了避免之後會出現青燈秒燒左安慈的畫面，我還是不要多問也不要多想好了。

真的好奇的話就等出去之後再叫紙妖去問，自己的性命最值錢，紙妖那種的就算燒掉一整疊也不到一百塊，根本是替死鬼的最佳選擇。

我心裡打著這樣的算盤，跟著牧花者來到了那間紫竹搭成的屋子，他說這是他休憩時使用的地方，對於精神的恢復很有幫助，這點我很能體會，之前在這裡睡覺的感覺真的很優，那種活像熬了幾天沒睡的疲倦感居然一下子就清除了，不得不讓人讚揚一下這裡的神奇。

看著我們進屋後，他上前將門關上，用那好看的下巴比了比我之前放在地上的背包，「別忘了東西。」

「嗯。」聽到這個提醒，我立刻乖巧的過去把包包撿起來，順手把爺爺留下的那本書給收進去後，就看到牧花者重新將門給打開。

我不知道他為什麼要把門關了又開，但是當我背好包包看到門外時，才發現外頭的景色變了，而我的臉色也跟著變了。

門外不再是那片滿到會讓人產生窒息感的紅色花海，取而代之的是一片的白，除此之外還有微弱的水流聲，跟之前的「外面」有著天壤之別。

我瞪大眼睛看著門外，嘴巴的震驚O字形一直闔不起來。

「怎麼、怎麼會……」這竹子做的貨居然還是任意門嗎？

「此處為月泉，」他先一步走出去，在白光的映襯下，他那披散著長髮的身影顯得朦朧而夢幻，「月有盈虧，此泉亦同，當月泉滿溢之時，就是孤歸來此居休憩的時刻。」

他這麼說，我跟著青燈的腳步一起走出去，一出門，迎面就是看到一潭……呃……本來牧花者在說月泉的時候，我還以為那是個有點類似露天溫泉的東西，再怎麼大應該也就一個兒童泳池的大小，但現在看來，這哪是什麼泉啊，這個程度應該算是大型湖泊了啊！

牧花者，你除了沒有時間觀念之外，其實對於面積概念也很淡薄吧？

看著那個湖泊，這個被稱為月泉的地方很美，美而且神祕，湖底……好吧，泉底，這個月泉底下似乎有幾個泉眼在緩慢地冒水，導致水面上有一陣沒一陣地鼓著水泡起漣漪，周圍的白光帶著淡淡的柔和，白光源自於周遭的白色花朵，不是什麼月光星光——是說這裡也沒那種東西——而是一朵又一朵的白花，此時正溫和地釋放著瑩瑩的白光，一點一點的飄在空中，從遠處看起來應該很像螢火蟲。

這種光點很眼熟，好像剛才牧花者彈琴的時候也出現過，只是當時我只注意著聽曲，沒去細看其他。

跟另一側那片滿坑滿谷的大紅色不同，這個地方只有這些會散發出光華的白花，從湖邊延伸出去，數量也是不少了，不過跟那個紅色花海比起來……兩邊實在是無法比較，紅花的數量可說是一望無際，滿滿的直接連到天邊去了還沒完，而白花雖多卻能明顯看到盡頭，光是這點就差很多。

這些白花全是曼陀羅華，也就是所謂的白花石蒜，跟外面的紅花石蒜唯一的差別就是顏色，理論上是這樣，但在實地看過後，我覺得還有另一個很大的不同處。

那就是感覺。

這些白花給我很寧靜安詳的平和感，跟另一側那種似乎帶著惡意的紅花不同，這裡很能讓人放鬆，紅花那邊就只能給我恐懼跟緊繃。

也許是那個草繩效應在作祟吧，我現在對紅花實在很感冒。

站在湖邊的牧花者看著湖中那個冒水的泉眼沉思片刻後，才轉頭示意我們站過去，「孤不知道你的居所，將你們送去那名鏡妖的空間裡可好？」

「好！」再好不過了！我連忙點頭，待在這裡雖然絕對安全，卻有些不踏實，去到娃娃那邊的話，就能隨時隨地的回到宿舍了！

「那麼，請給孤鏡子。」

他對著我伸出手，而在我還沒反應過來之前，一旁的青燈就已經摸出了娃娃的掌鏡，恭恭敬敬地遞了過去。

這倒是解決了我的一番尷尬，在蜈蚣怪那邊我是昏過去的，根本不知道後來掌鏡掉到哪裡，想來是青燈撿起來的吧。

牧花者在接過鏡子之後，先是對著鏡面吹了一口氣，然後就將鏡子輕輕地拋到月泉之中，說也奇怪，我本來以為那鏡子會沉下去的，結果沒有，只是稍稍下沉之後馬上就浮到水面上了。

這……為什麼能浮起來？那種拋法加上掌鏡本身的重量怎麼想都是會直接沉到底的啊，妖道的世界果真不科學，認真就輸了，認真就輸了……

在水面上的鏡子慢慢地發出光芒，牧花者觀察著這份光芒的力度，在確定了這些光能夠籠罩的範圍後，他伸手一揮，從他袖裡拋出了幾條極細的線，那些線在空中隱隱發出了樂音般的低鳴，落水之後恰恰將掌鏡泛光的範圍給整個框起來。

聽著空氣中還隱隱飄蕩著的聲音，這個，那些線該不會……「琴弦？」就這樣直接沾水可以嗎？一般是要避免碰水的吧？這樣泡下去不就報銷了？

「沒事，只是一些沒能煉製好的次品，正好派上用場。」他說，隨手撥彈了一個音，水面上的弦像是被這聲音給操控般，一層層地圈在那光芒的邊緣，將泉眼處傳來的水紋給牢牢擋死，這讓掌鏡所在的區塊呈現一片平靜。

動則若濤，靜則如鏡，水也。

「孤這裡沒有鏡子，只好請你們將就一番了。」

牧花者有些抱歉的說，而我則是目瞪口呆的看著那如鏡的水面，還有明顯正在跟鏡世界產生連結的光紋……這個，所以水鏡也可以用來當連結的通道嗎？那我以後是不是隨身攜帶一瓶礦泉水，要離開的時候找個磁磚地面潑一下就好？

對此，我很認真的提問了，而牧花者只是維持著他那漂亮的微笑，「一般來說，須得千年以上的鏡妖才有能力使用水鏡，這泓月泉比較特別一點，不受此限，換作其他地方的話，孤無法保證。」他說，然後我的礦泉水移動策略頓時宣告破滅。

還沒好好哀悼我的礦泉水計畫，湖面，傳來了娃娃有些怯怯的聲音。

『承蒙牧花者的召喚，小的應召前來。』娃娃畢恭畢敬的身影出現在水面上，我可以看到她整個人呈現伏拜的姿勢，嗯，這可能跟她沒有腿部有關，因為缺少了雙腿，所以她每次行禮都會讓人有種像在跪拜的感覺。

且不論娃娃現在是真的有心跪拜還是只想躬身作揖，她整個人的恭敬程度讓我有些嚇到，一旁的紙妖也差不多，他甚至特地挑了一張純白的紙張。

『牧花者此番可是前來取琴的？』娃娃的聲音有些抖，我這才發現她跪伏著的身邊擺放著一張琴……

……

…………

欸？所以他就是那個佛地魔嗎？

我震驚的看著牧花者，越來越好奇他到底是什麼人了。

「琴？」牧花者先是愣了一下，目光看到娃娃身邊的那張琴後，露出了恍然與懷念的神色，同時還摻著些許歉疚，「原來，現在是妳在替孤養護著嗎？」

『是的，奶奶有交代，在您來取琴之前要好好地守著。』

「……那琴已經與妳建立了緣，它的歸處不再是孤可以獨斷之事，待它醒來之後妳再問問它的意見吧，在此之前，還要請妳繼續費心照看著。」像是看穿了小鏡妖對那張琴的不捨，牧花者的話只差沒直接說要把琴送人了。

鏡妖當然聽出這份弦外之音，當場開心得不得了，『那、那牧花者今天的召喚是……？』

「今天，孤只是替人開個門而已。」

『門？』娃娃這時才抬起頭，然後在看到我的時候驚喜的叫了起來，『安慈公，青燈？』她開心的喊著，喊完之後立刻覺得不妥的遮住了小嘴，支支吾吾的試著擠出合宜的應對進退，『呃，兩位平安無事，著實令人欣喜……』

看著娃娃用那稚嫩的臉蛋努力擠出句子的模樣，我一個沒忍住，不小心笑了出來，青燈也覺得有些莞爾，牧花者則是苦笑的搖搖頭。

「放輕鬆點，對孤，不必這麼拘束。」

『可是大家都說要有禮貌……』娃娃絞著指頭，顯得有些不安，『不然會顯得不尊敬。』

「無妨，」牧花者溫和地笑道，這份微笑似乎讓娃娃整個放鬆下來，嘖嘖，不愧是能從八歲通殺到八千歲的微笑，果真不同凡響，我腦中這麼胡思亂想著，沒注意到他稍稍退開，讓出了湖邊的位置，說：「去吧，孤就送到這裡了。」

「啊？喔、好！」從八歲到八千歲的思考中回神，我不好意思的摸摸頭走上前，「這個，跳下去嗎？」

『是的，安慈公，兩邊已經順利接上了，跳進來就可以了喔！』娃娃在水面的那端很肯定的這麼對我說，而我的心裡有些沒底。

這是種視覺上的障礙，有點像踩在透明的玻璃階梯上，你明明知道踩下去是絕對安全的，卻還是會有掉下去的恐懼感，就在我躊躇著要在心底倒數三二一才往下跳時，牧花者突然很隨意地在我背上拍了一下，然後？

然後我就很隨意的飛出去了，還直接滾到鏡世界的那一端跌了個狗吃屎……

「喂！太過分了吧？那有人這樣子硬推的啊？」

在地上滾了好幾圈才停，我狼狽的坐起身，把凌亂的長髮胡亂撥到腦後，對著還連結著的鏡面大罵出聲，一旁的娃娃跟對面的青燈都是一臉驚愕，大概是對我如此不敬的用語感到不可思議吧，但我現在才沒心情去想這種事，屁股都快痛死了，誰還有心情去管口氣好不好？

「掠道者，」無視了我的抱怨，他淡淡地透過水面看過來，「這是你的初次遭遇，所以孤會在一旁守望，但不會出手……請盡力而為。」

說的是「盡力」而不是「量力」嗎……我哈哈的乾笑幾聲，這種時候我還能說什麼？「只能說我盡量了……」

我很沒信心的說，然後看到對面的青燈走到牧花者面前行禮道別，看到牧花者的手在這時輕輕拂過抱著的琴，一聲叮咚琴音響起，然後……然後畫面就糊了……

『哎呀，出現了一點點干擾呢，不過沒事的喔，很快就會重新連上了，安慈公不必擔心！』抱著琴，娃娃很天真的說道，眼裡有著濃濃的景仰跟知道自己可以不用跟琴爺爺分開的喜悅，『牧花者，果然是個好人呢。』

聽到這句話，我有點想笑卻又不敢笑的感覺。

有沒有妖怪都喜歡發卡的八卦？

紙妖這時則是背著那個連結著月泉的畫面，偷偷的給我寫字，上頭分別是「少女嬌羞」、「八卦」、「有戲乎？」這三個斷句。

……你有種就把這三個詞寫給青燈看。為了避免水面那邊的人聽到，我在心裡這麼說，然後紙妖立刻像張沒事紙一樣地變回了純白無瑕的模樣，乾淨平整得連一絲壓痕都找不到。

哼，卒仔。

我頗為鄙夷的睨著紙妖，紙妖則是不甘示弱的……跑去娃娃腳邊求安慰了……

在一段不是太長的時間過後，水面那端的畫面重新變得清晰，青燈從月泉那側低著頭跨了過來，看不清她是什麼表情，也不曉得剛才對面發生了什麼事，只知道她的頭髮上多了一根綴著鈴鐺的簪子，隨著她的腳步發出了悅耳的鈴聲。

「後會有期。」

溫雅好聽的嗓音透過連結的水面傳了過來，牧花者在目送青燈抵達鏡世界這一端後對著我們笑了笑，隨即輕輕地揮揮手，連結的鏡面頓時像泡泡一樣地消散在空中，娃娃的掌鏡跟那些用來穩固水面使其能夠平穩如鏡的弦線就這樣掉了下來。

『哇，好厲害，好帥氣喔！』娃娃的眼睛快變成星星眼了。

『這就是高手風範啊。』紙妖跟在娃娃旁邊起鬨，起鬨之餘不忘灑小紙花。

你們要不要乾脆去組個牧花者粉絲團啊？看著那雙星星眼跟小紙花，我的心底忍不住這麼吐槽，幸好青燈沒有加入這個粉絲的行列，只是神色如常的蹲下來撿起娃娃的掌鏡，然後收拾地上掉落的那些弦。

看見她這個模樣，我的腦袋瓜忍不住想起了剛才某張白目提及的「少女嬌羞」、「八卦」跟「有戲乎？」這三個詞，好奇心在此時節節高漲。

妳剛剛跟牧花者在那邊說了些什麼啊？

我想這麼問，可當我走上前才剛發出一個「妳……」的時候，青燈那清冷淡定的視線就飄了過來。

凝視。

再凝視。

雖然這份視線很平穩很淡然，但我總覺得自己突然變成了一隻被蛇盯上了的青蛙，除了膽顫心驚之外全身上下的細胞都在警告我不要亂說話，於是我便從善如流的改口了……

「……需要幫忙嗎？」我傻傻地陪笑，青燈只是搖搖頭，將撿起來的琴弦收進她的煙袖裡後，很嚴肅的朝我走過來。

我有種不妙的預感。

『安慈公。』

嗚喔？「是……是？」

『之前一直都沒跟安慈公好好明說有關那一位的事情，現在想來，實在是奴家的過失，既然您已經去過那塊地方，面見過了那一位，那麼，奴家就有必要好好地跟您說明一番，好讓您知道您方才到底做了多少失禮之事。』

「也、也不用這麼誇張吧……」我搔搔頭，試著要用詼諧一點的口氣將整件事帶過去，可青燈卻不讓我這麼做，只見她認真無比的正坐起來，然後伸手比著自己的前方，做了個「請」的動作。

對此，我眨巴眨巴看著她。

她平淡而清冷的看了回來。

我更用力的眨了眨雙眼看著她。

她依舊平淡而冷默地看回來……

……好吧。

不可以質疑青燈對事情的堅持，這段時日的相處下我已經知道，當青燈鐵了心要做某件事時，她除了會試著做到最好之外，就是想辦法去做到更好，所以我只能摸著鼻子乖乖地照著指示坐下了。

「這個，有這麼嚴重嗎?那什麼牧花者的看起來很好相處啊，你們硬要那麼恭敬的對待他，他也會很寂寞的吧？」我總覺得他比較想要的是可以普通論交的朋友，而不是這種疑似上對下的從屬關係。

『安慈公！』三種版本的不贊同非常有默契的同時響起，一個是青燈有些氣惱的低喝，一個是娃娃不可思議的輕喊，另一個是……是來湊熱鬧的紙妖。

「對不起！」時勢比人強，總之道歉先。

『安慈公，您之所以會這麼想，大概是因為您還不知道那一位對所有妖者而言是什麼樣的存在，』她輕輕嘆了口氣，抬手開始用她的燈火勾勒起某種線條，『安慈公知道方才那片紅色花海是什麼地方麼？』

「呃……牧花者的空間結界？」我如此猜測道，而青燈搖搖頭，娃娃也用力的跟著搖頭，紙妖則在身上寫了「孤陋寡聞」四個字，要不是礙於青燈現在很嚴肅的看著我，我真想伸手過去把那張紙給一把捏爛。

『安慈公，請看，』青燈用手中的火焰勾出了燈橋的模樣，然後分出很多慢慢向前移動的藍色小火作出過橋的樣子，『若此為燈橋，則魂火前進的方向即為所謂的另一端，吾輩通稱為歸處。』她說，然後在這個小型火焰橋下弄了些煙霧，『這些煙，則為幽水。』

「嗯……就像我們人類的忘川？」掉下去會忘掉一切的那種？

『奴家不懂人類的忘川，所以這裡無法給您答案，請接著聽下去。』

「喔。」

『壽命已盡的妖者將化為魂火，但並非所有的魂火都能渡過燈橋，凡是無法渡橋的，就只能留在橋的這一側。』她將一部分的小火扣留在原地，為了跟過橋的那些火焰做區別，這些被留下來的火焰是紅色的。

「欸？為什麼會不能渡橋？」我驚了一下，「這樣留在那邊不會變成什麼魂屍嗎？」

『有罪之身，無法渡橋，燈橋不會接受身帶罪孽的亡妖，』青燈說，然後有些奇怪的看著我，『安慈公該不會以為那些大奸大惡之輩，也能同尋常妖者一樣回歸至燈橋另一端吧？』

「這，」我頓了頓，老實說我還真沒想過這問題，「也就是說，妖怪的世界也跟人類一樣，那個……做壞事會下地獄？」一時半刻想不出太好的形容詞，我硬著頭皮這麼說。

『唔……奴家雖然知道地獄，但並不清楚人們的地獄是怎麼運作的，想來兩者之間應該是差不多的吧，』青燈皺著眉頭說，對只關心妖怪的她來說，能知道地獄是用來幹嘛的已經很難能可貴了，『總之，被燈橋拒絕的妖者都會被拘留在這裡。』

她伸指點向那些被扣留在一旁的紅色火燄，小小的紅火在這一點之下很快地蔓延開來，迅速變成了一小片紅色的火海，『這裡，就是所謂的彼岸。』

「喔……」我長吟了一聲，饒有興致地看著青燈這一手漂亮的控火技巧，可看著看著，我的臉色越來越怪異。

因為那一片紅色的火海開始慢慢地變形，就像我下午做報告時看到的那道火焰一樣，一個個地變成了紅花的模樣，火焰的彼岸花，這個變化讓一整片的火海迅速成了花海。

紅色的花海。

「……不會吧……」我覺得喉嚨有點乾，目光呆呆的看向青燈，然後聽到她緩緩地開口說：

『安慈公，方才那片紅花之地，就是吾輩妖者的彼岸。』

語出，我訥訥的看著青燈、看著眼前的小紅海然後再回頭看了看剛才跟月泉連結的地方，只覺得腦子有些不好使了，「那、那剛才那個牧花者……」

『在燈橋初現之際，有大能者深感罪魂無處可歸最終只能化為魂屍彼此吞噬殆盡的悲涼，便於天地交界處起誓，誓渡盡群妖方歇，』語氣帶著敬意，青燈慢慢將模擬給我看的燈橋、花海跟幽水收起來，『誓起之後，那一位素手提魂，引罪成花牢，將遊蕩的罪妖們拘於紅花之中，留於彼岸之地。』

提魂？花牢？

「有些名詞我聽不太懂，可是照妳這麼說的話，難道我們剛剛看到的那些彼岸花全部、全部都是……」

『都是罪魂。』

我的嘴巴再次張成O字形，可青燈還沒說完。

『罪魂有了花身，便不存在成為魂屍的疑慮，而不知從何時起，那一位開始不分日夜地彈琴，每一曲……皆為渡曲。』

「渡曲？」

『尋常者聽之，能平心靜氣；有罪者聽之，能省悟己身，』她輕聲地說，眼瞼微垂，『若罪妖能夠好好地聽進去、誠心悔過的話，那麼終有一日，罪業化型的紅花牢獄將會凋落，引渡的青火會重新燃起，脫去罪業的妖者，便能進入燈橋的另一端。』

她這麼說，而我整個人有些發矇。

所以，他才會被妖道們稱為牧花者，我本來還很奇怪為什麼會是用「牧」這個字，現在知道原由之後，才知道這個詞用得有多貼切。

誓渡盡群妖方歇……

「……那些紅花，他要彈多久，才能凋一朵啊？」

青燈低下了頭，娃娃沒有說話也跟著低了頭，連紙妖都跟著垂下來，良久，青燈才小聲地給了個牛頭不對馬嘴的回答。

『牧花者很需要時間。』

語出，我也跟著低下頭，沉默了。

紅海琴鳴處　孤身不知年
千百渡曲音　但求一悟覺

青燈・之六　道

道者
取敵之首為器，引路前行
此路即為『道』

在這一片沉默之中，我默默地想了很多。

回想那片花海，回想牧花者那平和溫雅的笑，老實說，在知道這一切以後，我真的有被深深觸動的感覺，完全能理解為什麼妖道們會這麼推崇他，這樣的存在根本已經是聖人了，而且是神聖到發光的那種。

為了那些罪魂，他自己一個人在那樣的地方堅持著度過了長到可怕的歲月，一日十年甚至百年千年的在過，這樣的時間已經很可怕了，但更可怕的是，這事根本看不到頭。

想到我居然還當著牧花者的面說出「這裡的時間這麼好用」這種話，我就忍不住想找個地方一頭撞死，難怪那時候他會笑著什麼都不說，難怪那時候青燈會用那種眼神看我，這種只能放在心裡想想不能說出來的東西，我當場說就算了還說得那麼理所當然活像人家獨占資源似的，根本就是白目。

掩面呻吟，我深刻的體會到什麼叫可以沒知識，不能沒常識，哪怕那是屬於妖怪的常識也一樣，我得找個時間好好惡補了，免得哪天又闖出像今天這樣難笑的笑話來。

想到這，我忍不住想要知道更多關於彼岸的事情。

「那月泉又是什麼？」想到就問，逮著眼前現成的妖怪百科，我馬上赴諸行動，「還有圍繞在旁邊的白花，那些也是罪妖？」怎麼看都不像啊。

『月泉……』聽到這問題，青燈有些為難，『月泉自古就在那兒了，據說，是先有了月泉之後才出現了彼岸，沒有人知道月泉真正的來歷。』

這麼古老？這種說法已經媲美開天闢地了啊，我咋舌地想，聽青燈繼續說下去，一旁的紙妖跟娃娃很乖巧的安靜了下來。

『誠如牧花者所說，月泉本身具有盈虧現象，當月泉滿盈之時，就是其鎮靜安神的能力最強大的時候，也只有在那段日子裡，牧花者會稍微停下一段時間，前去月泉附近休息養神。』

『至於白花，那可說是牧花者長久以來累積下來的見證，』帶著敬意，青燈現在的神情幾乎可以用虔誠來形容，娃娃也是同個臉，至於紙妖……那傢伙沒有臉，但是他在自己身上寫了一個大大的「敬」以示合群，『以罪業為引生成而出的紅花，在凋落之後就會在月泉附近重生，最後成為你剛剛看到的那個模樣。』

我回想起月泉邊的那些白花，數量的確也是多得驚人，圍繞著那個湖岸邊一圈圈地往外出去，將那個地方映上了朦朧如月的光，但若拿去跟另一面的紅海比的話，那就是小溪與大海之間的差別，感受到這份巨大的差距，我忍不住感到鼻酸起來。

這真是件沒什麼成就感的苦差。

「沒有人想過要去幫他嗎？」單靠他一個，怎麼可能做得完啊？這樣下去豈不是要將他永遠都綁在那裡了？

這話一說完，對面那三隻呈現排排坐姿態的妖怪同時用一種很怪異的眼神望過來，活像我剛才說出了類似「地球是方的」這種無知的話，某張紙還很感慨的在身上寫了「孩子的教育不能等」這幾個大字。

紙妖，你等著，出來混的總有一天是要還的。

我瞇著眼睛瞪過去，而紙妖像是渾然未覺般繼續替那幾個大字加花邊，讓我再次確認了白目無上限這五個字的真諦。

『安慈公，』青燈的聲音適時出現，將我從「處罰紙妖的一百種方法」裡拉出來，『您在彼岸的時候，都是些什麼感覺？』

感覺？

「有點可怕，氣氛很壓抑然後走到哪都覺得被人用惡意的視線盯著背後……呃……」講著講著，我心底默默的發虛，意識到那裡的「工作環境」有多惡劣之後，連我自己都覺得剛才那個問題有點蠢。

有欠考慮。

『彼岸之所，因為常年拘留罪魂的緣故，周遭總是充滿著戾氣跟怨氣，』青燈淡淡的陳述事實，『月泉雖有鎮靜之能，但尋常妖者若是長期待在裡頭，還是會造成影響，最壞的結果，就是被紅花的怨恨給同化，成為花海中的一分子。』那樣的話就只是幫倒忙了。

青燈就如同模範講師般不厭其煩地為我講解：

『要在彼岸花海停留，首先要具備的就是不為萬物所動的心，無懼、無怒、不以物喜不以己悲，令所見所聞皆如風輕……必須是這樣無論遇到什麼都能保持住平靜的心態，才有在花海停留的資格。』

也就是說，得要是那種先天神經失調加上後天面癱的人才能長久待在裡面囉？這樣的條件好像直接去找幾個神經病會比較快啊……

一邊用自己的方式去理解青燈說的話，我一邊在心底默默的吐槽，然後突然覺得青燈這種描述非常的耳熟，仔細在心裡對照過後，我瞪大了眼，「等等，這些特質聽起來，不就是『青燈』嗎？」

標準的情感缺乏症候群啊！絕對不會被什麼怨氣戾氣纏上！

聞言，青燈的表情立刻冷了下來，『無淚者雖是如此，但吾輩也有很重要的職責在身，安慈公此言未免太過兒戲。』

「呃，這個、這個並不是青燈去幫手的意思！就只是比喻一下而已，比喻而已……」我急忙撇清，十分慶幸剛才那些內心ＯＳ沒有直接說出來，不然看青燈這種架勢，還不知道要被教育指導到什麼時候。

『這是很嚴肅的事情，希望下次安慈公可以不要開這樣的玩笑。』

「對不起……」唉，垂頭垮肩，我今天不知道說了幾個對不起了，真悶。

『而且，就算青燈要幫忙，也幫不上，想要令花海的罪花省悟，單是擁有堅定的心是不夠的，還必須深入罪者的心底，牧花者便是以琴音入魂，每一曲都蘊藏著心力。』青燈慢慢地說，而我則跟娃娃還有紙妖乖乖地坐著慢慢聽，聽著聽著，慢慢地暸解了很多以前不知道的事。

要想讓人醒過，自己就一定要付出些什麼，在貫注心神的同時，更重要的是持之以恆，不屈不撓，青燈們雖然在心理上可以勝任，但那畢竟是接過燈杖後被強制造就的結果，目的是要讓燈者可以沒有負擔地擔任引渡人。

這樣的制約在下一代接杖人出現，自身得以「引退」的時候便會日漸散去，褪去青燈職務的燈者們在這之後便會開始取回自己的情感，而對這些卸任的燈者們來說，在身為無淚者的那段記憶就很像是在看別人的人生一般，雖有觸動，但不致心殤。

可以說，燈杖賦予的制約是考慮到了未來她們交付燈杖之後的處境，考慮到了她們卸任後的心。

在這種制約狀態下，能不受花海影響那是自然，可若要她們去做點什麼可以普渡群妖的事……那就很是為難了。

無論是什麼形式的引渡，就算是念經好了，也得在裡頭灌注自己的意念，但是青燈們在燈杖的制約下，除了領青火、除掠道、掃魂屍之類規範下的任務外，幾乎沒有太多「自我」的念頭，只保留了極少的一部分讓她們能夠順利處理應對進退等等問題。

如果她們來到了一個風景優美的地方，絕對不會是她們想去看風景，而是這裡有任務，或者，曾經有任務，如果她們會在某個定點流連，最大的可能就是她們習慣這個地方了，在旁人看來可能會說「她們喜歡這裡」，但其實不然，她們只是習慣而已。

就像我這幾天已經習慣了每天都會吃到阿祥的炒飯便當一樣，要說我喜歡那些炒飯嗎？本來是挺喜歡的啦，可看我今天對待飯盒的態度就可以知道，我已經想掐死這個習慣了。

而青燈倒是不會有這種會想「換口味」的想法，一但讓她們習慣待在某個地方，那麼直到交出燈杖的那一刻之前，她們都真的會千百年如一日的待在那裡。

在這種制約狀態下，能做出什麼足以撼動罪魂內心的事嗎？

俗話說的好，要感動他人之前總得先感動自己，持杖的青燈們基本上已經連什麼叫做感動都忘了，所以即便她們能夠久留於花海，也幫不上忙。

「這樣聽來，他真的很辛苦啊，一直都一個人在那，根本沒什麼說話對象……」感慨的說道，然後我靈光一閃，「欸?那有沒有哪個青燈是習慣待在紅海裡的啊?不是說她們習慣了就不會換位置了嗎？」

語出，青燈神色如常，只是在第一時間垂下了眼瞼，『即便有，也無甚幫助，沒准，還會給牧花者帶來負擔……』

「呃，」有必要這麼說得這麼一無是處嗎?我頗為無語的看著她，「不要想得那麼悲觀嘛，就我的感覺來說啊，有人陪總是好的，就算對方只是靜靜待在一邊不說話，可只要這樣待著，只要知道自己不是一個人……這想法本身就是種力量了。」

『……是麼?』她抬起眼，狐疑的望著我。

「一般人如果被放到那種地方，應該都會有這種想法的。」雖然牧花者身上披戴著很威武的聖人光環，但從他不希望別人那麼拘束的對待他這點看來，我想他應該也能適用這個一般人說法吧。

我說完之後，青燈像是陷入沉思中的沉默起來，趁著這個時間，我跟娃娃要了一把複製剪刀，準備來打理我因為附身狀態而變長的頭髮。

娃娃遞了一把安全剪刀過來。

我看著這個剪紙用的安全剪刀，忍不住嘆了口氣，「有沒有更利的啊？」用這種的來剪頭髮，肯定又會弄成一頭雜毛。

『更利的？』娃娃想了想，翻手弄出了小型裁切臺，『像這個麼？可以一次切好多好多喔！』她天真地說道，紙妖在這個時候已經迅速的飛了出去，不知道躲去了哪。

「我想妳誤會我的意思了，」我不是要剪紙，「我是要借來剪頭髮的。」

『這個也可以剪頭髮的呀，』她眨了眨眼，把裁切臺放大個幾倍之後放在地上，比手畫腳，『您看啊，只要您把頭躺在這兒，然後把頭髮放在這，接著這樣喀擦一下，不就能剪了麼？』天真無邪的口吻，配上水亮的大眼睛，我在一瞬間真的興起了照著她的話去做的想法。

不過最後還是忍了下來。

因為地上那個裁切臺不管怎麼看都很像某種電視劇裡頭出現的東西，那個電視劇名叫包青天，每當最後要迎來高潮的時候都一定會有這麼一個段子，那就是開鍘、扔令牌、鍘。這個放大後的裁切臺的確是可以剪頭髮，但剪髮的畫面怎麼想怎麼獵奇，光是想像都能讓人頭皮發麻，活像自己躺在鍘刀臺上一樣，我一點也不想有這種初體驗。

「嗯，謝謝妳，但我想我還是用普通的剪刀就好了。」於是我這麼說，重新拿起了那把安全剪刀。

雖然這種剪刀在頭髮摧殘下很快就會鈍掉，但是在它被剪鈍之前還是很好用的，將就一下吧，我這樣自我安慰著，然後就準備拿起剪刀開剪，可就在我撈起大把頭髮要下第一刀的時候，青燈解除了她的沉默狀態。
『安慈公現在就要進行修剪嗎？』
「對啊，有什麼問題？」我愣了一下，手中那一刀倒是沒剪下去。
『可等等還是會長出來的，安慈公不等結束了之後再行打理麼？』
啥？等等還會再長？「什麼意思？」等等不就是準備回家洗洗睡睡了嗎？還有需要用到附身的場合？
『那名掠道者呀，青燈並沒有引罪成牢的能力，收拾了之後，那抹罪魂可是得好好地送去給牧花者的，若安慈公不接受奴家的附身，怎麼看得見前往彼岸的路呢。』她說得很理所當然，我聽得是無語問天。
「青燈大大……我想我現在還沒有能力收拾那隻蜈蚣吧……」我說出了這個悲催的事實。
『嗯，奴家知道呀，但您馬上就會有了不是？』她指著我的背包，『牧花者給您的書，既然那位大人這麼說了，那麼您看完之後肯定就能成的。』
「那也得等我看完吧？」
『一晚上看不完？』
「這……」語塞，我硬著改口，「看完不等於看懂啊，妳剛剛也看了一頁，妳懂了嗎？」
『……那書確實深奧，是奴家失言了。』
看到青燈這麼認真的說，我反而有點心虛了，這本書深不深奧我是不知道，畢竟我還沒看到正式內容，但如果要論爺爺在書上寫的那些胡言亂語，那還真是深奧到天邊去了……

我嘆了口氣，想拿起剪刀繼續我的理髮動作，可這時青燈那擔憂的口氣再次響起，這次說的內容直接讓我石化當場。

『這下可怎生是好哪……對方已經鎖定了安慈公的氣息，若是不立刻除去的話，沒准夜裡就會藉機來襲，安慈公的處境實在堪憂啊……』

「不是吧？」我有這麼倒楣嗎？「那條蜈蚣會搞偷襲？」

『安慈公，先前我們似乎就是中了埋伏才落進對方巢穴裡的，對方當然會偷襲，』她憂心地說，最後又補了一句，『而且交鋒過後，掠道者大約已經看出了安慈公的深淺，為防事有差錯，必然會選擇速戰速決的。』

「也就是說，不快點解決這事，我就會隨時隨地遭到攻擊跟騷擾？」

『是的，一直以來掠道者與青燈之間皆是如此，一但接觸那便是戰至一方敗亡方休，此次應該也不會例外。』

話說到這分上，我也不敢問什麼能不能先各自收兵的問題了，都說要死戰到底了，還有誰會給你休整時間啊？當然是逮著機會就打，打不死也咬你一口，咬不到也噁心死你讓你不得休息，怎麼折騰怎麼弄。

我凝重的看了看先前月泉那側的接口，雖然牧花者說過會看著，但每次都要靠人家放下手邊事情跑過來救的話，那像個什麼樣？我自己都先鄙視自己了，可短時間要我搞定那本符道書……心有餘而力不足啊！

放下剪刀，我有些苦惱的抱著頭，這時紙妖突然迸出來了：『安慈公在困擾什麼？』
「人生大事。」生死攸關，這的確算是人生大事了。
我心情頗為沉重的說，在青燈憂慮的目光下很認命的將背包拉過來，這時，我才驚覺到有件事情忘了先警告某張白目了！
爺爺的書！「紙妖！我包裡的東西你沒動吧?!」邊說著我邊急急忙忙地將書給取出來，這可是爺爺留給我的救命書，要是被紙妖給染指得亂七八糟的話我就要欲哭無淚啦！
還來不及翻開書頁確認書籍的完好，紙妖就悠悠地飄到我面前。
『這本書很奇怪，小生進不去呢，安慈公，這是什麼書呀？照理來說沒有紙張會拒絕小生的……』紙妖看起來有些皺巴巴，感覺很委屈的樣子。
我在心裡吶喊了幾次爺爺萬歲，薑果然是老的辣，爺爺這一手防範得真是太有先見之明了，但是這樣的歡呼只到我翻開書頁為止，因為那熟悉刺眼又白目的問候語再次躍上了我的眼前，讓我實在沒辦法繼續衷心地歡呼下去。
看著紙妖那皺巴巴的困惑，再看看爺爺的留言，旁邊的青燈一臉的擔心，而娃娃則在那邊開心的玩起放大版裁切臺……說真的，我的心理負擔還真不是一般的大，四面楚歌差不多就這狀況吧？
只是我的四面有點不大一樣，其中三面來自妖，一面來自遺言。
「這是我爺爺留下來的遺物，遺物懂不懂？這是很嚴肅的東西，你不可以進去。」
『喔。』噴出這麼一個字，紙妖像是對這本書喪失了興趣一樣，很快就飄回去跟娃娃一起玩裁切了，看起來是在做一些紙娃娃衣服之類的小玩意，我很想跟他們說這種小東西用剪刀剪會比用裁切臺切要方便一萬倍，但是看兩個小的折騰得很開心，就隨他們去了。

現在我得來面對屬於我自己的折騰。

牧花者說了，只要摸到一點皮毛就足夠應付那隻蜈蚣怪，為了自己的人身安全，我現在最好的選擇就是快點達到這個皮毛的要求把蜈蚣怪給收拾掉，免得到時後又出現被收拾了還得等人來救的悲劇。

我這麼想著，然後咬牙面對現實——

——阿囉哈～小慈親親，想我嗎？

當然想你啊爺爺，我實在很想知道你的腦袋到底都裝了些什麼貨。

翻開符道的第一頁，我一邊在心底吐槽一邊迎接爺爺的白目攻擊，強迫自己耐著性子看下去，第一頁基本上有百分之九十九都是爺爺的賣萌廢話，剩下最後的百分之一才是有用的資訊，上頭這麼寫道：

——小慈親親，你真不愧擁有著爺爺多年以來培養出來的耐性，能看到這最後一段表示你的心志一如當年的堅韌不摧啊，既然有這麼強大的精神，那麼爺爺這裡就告訴你一個學習符道的密技吧！

有密技？

眼睛一亮，我整顆心立刻振奮了起來，迅速地往下看，然後整個人就像被潑了一大桶冷水一樣的呆掉了。

——密技就是你現在馬上抱著這本書，回頭去找給你這本書的那傢伙，死活賴在他那裡一直到把這本書看懂了學會了再走，放心，在那裡就算不吃不喝也不會死的，注意睡覺就行，這樣一來你就能達成短時間學成符道的偉業啦哈哈哈哈！

P.S：看懂之後也別忘了實際操作，反正那種鬼地方怎麼炸也炸不死人，所以你就用力炸卯起來炸，放心，那傢伙修養很好絕對不會生氣的，信爺爺有肉吃啊小慈親！去吧！邁向紅花的那一端！

見、鬼、的、有、肉、吃！

我硬生生地忍住了將這頁撕掉的衝動，臉上一陣陣抽搐。

賴在牧花者那裡？把妖者們的彼岸之地當成練習場隨便亂炸？

這種說出去會引起撻伐的提案爺爺你還真說的出口啊！你敢說我還不敢聽！掩面悲嗚，青燈在這個時候靠了過來，非常關切地問：『安慈公，是否有艱澀之處？需要奴家的幫忙嗎？』就算她也看不懂好了，怎麼說也能幫著一起想，集思廣益嘛。

「沒沒沒！暫時還沒有！」看到青燈飄過來，我立刻把第一頁蓋上，開玩笑，要是讓她看到爺爺最後寫的那幾行字，天曉得青燈會不會一怒之下直接放火燒書。

『噢，這樣嗎？』青燈端坐起來，『實在對不住啊，奴家在這方面居然完全幫不上忙……』只能乾著急的感覺很不好受，這讓她的臉上堆滿了愧疚跟自我厭惡。

「沒問題的，我會盡快把它給學會，」揚了揚手上的書本，我說著這個連自己都沒啥把握的保證，翻到正題開始的第三頁後，我發現剛才那個保證實在是太誇口了……「坑人吧這個……居然全是篆體？」

這是大篆還小篆？爺爺！這別說內容，我根本連字都看不懂啊！

痛哭流涕已經不能形容我現在的心情了，非常時期要用非常手段，我不自覺的翻回第一頁看到爺爺的密技備註，這個，也許真的要去尋求一些幫助才行了。

我現在非常的需要時間！時間不只是金錢，還可以是力量跟智慧！

想到這，我立刻朝紙妖發了一個任務，「紙妖，現在這裡有一個重責大任要交給你去做。」

『是！安慈公有何吩咐！』

「借鏡通道回我房間偷一包……不，偷兩包的搭波A過來，要全新未拆的，有沒有問題？」

『沒問題！包在小生身上！馬上來！』聽到要幹這種偷竊行當，紙妖整張都亮了起來，瞬間變成了那種上頭灑有金粉銀粉閃光粉的特殊紙張，『娃娃，接應下！』

『好的！』

一紙一小就開始忙活起來了，然後我有點不好意思的轉向青燈：「那個，這也許是個不情之請，這麼短時間就去而復返我也是有些不好意思，但我現在真的很需要利用一下那邊的特殊性質……」

『那邊？』青燈歪頭看著我，明顯不明白我在說什麼。

「就是……剛才那個彼岸……」我硬著頭皮說，然後在青燈眉頭一皺的瞬間迅速把話搶接下去：「這也是逼不得已的無奈之舉，我現在真的沒有多餘的時間來研究這個了，放心，不會去吵到牧花者的！就只是借一下他那個竹子屋看書學習而已！真的！」了不起帶個餅乾零食！喔，還有水！

合掌，我緊張的看著青燈，她如果不肯點頭的話那我就真的尷尬了，這本書不是一時半刻能看懂的，還得先求個翻譯才行，加上學到皮毛之後所需要的練習……總覺得沒來個十天半個月的話實在是做不到，但在這十天半個月裡我都不知道要被那條蜈蚣怪追殺幾次了！

日子還是要過啊！我還有期中考耶！就算沒有期中考，我也是要過平常生活的，誰有空去應付蜈蚣怪三不五時的追殺啊？

至於牧花者會不會點頭這個我想是沒問題的，有爺爺這層關係加上剛才接觸的感覺，總覺得他不會拒絕這個小小的要求。

戴著忐忑的心情，我很小心地跟青燈分析著這些利害關係，直到紙妖成功把我需要的搭波A給偷渡過來之後，她才點頭，為難萬分的。

『好吧……奴家給您帶路。』她說，手伸了過來跟我的交疊，身影逐漸消散，而我的眼前則再次出現清明。

在這片清明裡，青燈控著我的手拿起燈杖往前一指，一朵火花墜了過去，很快的，我看到了一條由火焰燒出來的道路，那些火焰就像地磚一樣地朝著某個方向筆直鋪了過去，雖然是第一次看到，但我知道這是什麼，這就是前往彼岸的通道。

「紙妖，一起過去嗎？」

『小生在此地等您倆歸來！』瞬間拒絕，紙妖飛快地寫道，『如果紙不夠了，從那兒打個招呼回來，小生好給您送過去。』

「嗯。」不知道是不是被附身的關係，我的心情變得十分平靜，聲音也跟著清冷起來，跟我剛才那種急忙的煩躁完全不一樣，「鏡妖，不好意思，又要從妳這裡過了。」怎麼說這裡都是人家的地盤，一聲不吭的從別人家扯開空間離開，怎麼想都不是很禮貌。

『不要緊不要緊，能幫上忙，娃娃很開心的。』

小鏡妖有些受寵若驚地道，看到人家不在意，我輕輕地點點頭，這才注意到自己剛才的稱呼是多麼的官方冷淡，鏡妖，雖然這麼喊也沒錯，可我一直以來可都是喊她娃娃的，意識到這點，我像是要反抗什麼一樣，發了狠地扯動自己的嘴角，企圖拉出一點弧度來。

「娃娃，我過去了。」我不確定自己有沒有成功露出微笑，但至少聲音聽起來有溫度多了。

『嗯！安慈公慢走！』

紙妖跟娃娃一起對著我揮手，然後我轉頭踏上了那條紅色的火焰道路，走了過去，在我踏上第一步的時候，鏡世界就已經從我的感知消失了，火焰裡傳來疑似咒罵怨恨的低語，有一聲沒一聲的，哭喊跟咆哮上上下下地環繞著。

如果不是擁有青燈的心境，我現在應該腳軟了，只有在這種時候我才會覺得，燈杖的制約真是個好東西，有了這個不管進到什麼樣驚悚的鬼屋都能板著一張臉淡然走過吧。

火焰的道路不是很長，稍稍走上一段之後就到了盡頭，看著那個盡頭，我很自然的一腳踩了出去，然後？

然後我就一臉平淡地摔進了大把大把的紅花之中……

不得不說，這個青燈心境真是太強大了，無論是腳下踩空還是面部直擊地面都沒辦法替這顆心造成影響，所以我只是很平靜地下墜，很平靜地吃土，一直到我爬起來，青燈脫離我的身體之後，我還是覺得很平靜，好像剛才摔的人不是我一樣。

『安慈公，您還好嗎？』

「沒事。」只是臉快要僵掉了，我揉著臉乾笑，情緒什麼的飛快地回歸，嘖嘖，人家正牌的青燈一輩子也就經歷過一次接杖交杖，我卻是每次被附身都會體驗一次這種情緒被壓制然後再返回的過程，這次數多了之後會不會對心理健康有害啊？

拍著身上的泥土，我左右張望了下，「這是掉到哪兒了？」放眼望去全是紅花，沒看見小屋當然也沒發現牧花者，倒是有聽見隱約的琴聲。

『牧花者在這個方向，請跟奴家一同前行。』踏著雲煙，青燈將我拉到她的雲霧之上，接著就一路向前地飄了過去，速度……不能說快，但比起我自己走來還是快多了。

我感慨地在心底稱讚著妖怪的移動方式，然後更感慨的是……我現在又能知道「感慨」這兩個字的實際意義是什麼了，無淚者那種任憑萬物吹打我心本不動的堅定的確很超然，但超然到這種程度沒有人覺得太過了嗎？一個都沒有？

我攢著這樣的疑惑，還沒來得及深入細想，牧花者的琴聲就已經鄰近耳邊，一抬頭，我又看到了那抹彈琴的身影。

「你來了。」像是早知道我們會過來一樣，牧花者甚至沒有抬頭的意思，就這樣一邊彈著琴一邊說，曲子已經來到尾聲。

「是啊，我來了，老實說這次過來是有些不情之請……」

「孤知道，這些年也稍稍替你做了些準備，都放在竹屋裡頭了，儘管拿去用吧。」

「啊？準備？」什麼東西？

「一些有助於符道學習的輔助品，」他在這個時候將曲子做了個結尾，帶著歉然的笑意朝我看過來，「時間有些倉促，準備得不是十分齊全，只能請你稍微將就一下了。」

我心裡大驚。

我什麼都還沒說耶，不過看這個情況，他是從我離開的那時候起就知道我還會回來嗎？不然怎麼可能會提前準備呢？還準備了好些年……

……等等！那個「這些年」是什麼意思？難道?!

我忍不住低頭看了下手錶，回到鏡世界之後這指針很正常的走上了一段，現在已經來到八點十五了，也就是說外頭才過不到一個小時的時間，彼岸就已經過了幾年去了嗎?!

這到底是什麼等級的精神時光屋啊！我震驚得不能自已。

『奴家謝過牧花者。』

對喔！要道謝！「謝謝，真是不好意思，麻煩你了……但你怎麼知道……」

「因為你是左墨的孫兒，」抱琴而起，他淺淺的微笑著，口氣裡帶著一點懷念一點溫暖，更多的是好笑的情緒，「孤雖然沒看過那本書，但他在書裡，肯定寫了些讓你過來的交代吧？如何？裡頭是不是還說了孤的壞話呢？」

「怎麼會是壞話呢，爺爺說你很有修養……」這應該算好話，我這麼想著，可牧花者接下來的話卻讓我差點一口血噴出來。

「然後讓你賴在我這，盡情地練習符道的使用方式亂炸一通是吧？」

「……你怎麼知道？」

「很簡單，」笑吟吟地，牧花者的心情看上去不錯，「因為他已經這麼做過了，炸完之後還跟孤說了『好爽』來著。」

……

…………

爺爺啊……您當年都做了些什麼啊……

我低頭掩面，完全不敢面對牧花者，更不敢去看身邊的青燈，人家都說前人種樹後人乘涼，為什麼我的爺爺不但沒好好種樹，還把樹連根拔起的讓孫子掉進坑裡呢？

就在這樣尷尬的情況下，牧花者的手中飄來了一個光點：「孤還有事要移動到其他地方，這個可以帶領你們前往竹屋，這次就不送了。」

「有事？」

「散播渡曲，彼岸太大了，不能只待在同一個地方彈琴的。」

唔喔……「您忙、您忙……」不知不覺，面對這樣的人物，我也開始使用敬語了，「我自己過去就可以了，真的非常謝謝您！」我的時間有救了，練習有救了！

「舉手之勞而已，那麼，祝順利。」牧花者溫和的對我們點點頭，隨即轉身離開，他這一轉身，我就看到他那頭比上次看到還要更長的頭髮，上次才到腳踝，這次直接拖地去了，讓人很想幫他把長髮給撈起來。

這是很正常的直覺反應，畢竟這種看起來有如絲綢般的長髮直接拖在地上，實在有種暴殄天物的感覺。

我這麼想著，然後轉頭準備招呼青燈離開，這一轉，就發現青燈的目光跟在牧花者的背影上，嗯？「妳想過去聽他彈琴嘛？」

『欸？』

「其實我一個人也可以的，透過掌鏡，翻譯什麼的紙妖都可以幫我，甚至能跟娃娃聊天呢，妳如果想跟在牧花者身邊聽曲子的話，就過去吧。」

『……這樣好嗎？』很難得的，青燈居然沒有義正詞嚴的拒絕，反而是考慮起我的提案來了，這讓我忍不住又開始腦補青燈跟牧花者之間莫須有的五四三。

唉，都是被阿祥傳染的，其實我以前沒這麼八卦啊……

「這樣很好啊，妳想想看啊雖然我們才離開一下下，可牧花者這段時間裡又是幾年幾年在過，孤零零的，現在要是多個人在身邊應該會很愉快的吧？」我奮力的鼓吹，會這麼做的理由很簡單，就是我不希望青燈在我努力學習的時候坐在我旁邊盯著看，那是種很可怕的壓力，就像你寫考卷的時候也不想要老師就站在你旁邊吧？一樣的道理。

在這樣的鼓吹下，青燈看起來有些動搖了。

『若是安慈公不介意的話……』

「我當然不會介意！」燦爛。

『那……那至少先讓奴家送您過去吧？』

「好！」我飛快的點頭，接著就搭乘雲霧公車一路飄到了竹屋的所在，目送了青燈離開之後，我走進屋裡放下包包，屋子裡多了一張矮桌，上頭擺著一整套的筆墨紙硯，旁邊則是多了個小櫃子，我走上前去看了看，櫃子上有個籃子，裡頭放的全是同樣尺寸的紙，整整齊齊的疊著，我抽出其中一張比了比，這個……

「空白的符？」

這就是牧花者替我準備的東西嗎？整櫃都是？我好奇的拉開這個新櫃子的第一格，果然，裡頭也是充滿著這種白符，再下一格也是，總共三格抽屜加上放在最頂上的籃子，這些空白的符紙一時之間真數不清有幾張。

將手中的白紙放回去，我拿起了爺爺留下來的書還有娃娃的掌鏡來，這些紙張是要等到我可以實地練習的時候才開始用，現在拿著也不知道個所以然。

周遭沒有椅子，只有看起來像是草編蒲團的東西，讓我有些不習慣，但是人家肯借我地方就不錯了，哪裡還能東挑西揀？所以我就著那個新的矮桌找了個蒲團坐下，拆了一包搭波A之後就敲著掌鏡呼喚起來。

「呼叫紙妖，呼叫紙妖，聽到請回答。」

『長江一號報到！請指示！』

長江個頭啊。

我翻了翻白眼，讓鏡子照在那些篆體字上，「這些你看得懂吧？」

『當然！』

「幫我翻譯下，就翻在這邊……我靠！不要用草書！給我用新細明體！新細明體懂不懂！」

『草書比較好看的說……安慈公真沒文化……』

……君子報仇，十年不晚……

恨恨地，我在心底咬牙切齒的說，然後開始專心研究起紙妖翻譯好的內容。

本來看這個書名，我還以為就是小說裡頭道士的那套，寫個什麼急急如律令之類的東西然後就可以把符扔出去炸了，但現在看來似乎完全不一樣。

基礎居然是從拆字開始學起，而且是從很古老的甲骨文開始拆，爺爺很仔細地說明了每一個字暗藏的意義，還有在經過長久的演變之後消失在幕後的原意，看起來非但不枯燥，反而給我一種津津有味的感覺。

當然，裡頭還加了不少爺爺自己的理解，有些看起來根本就是亂七八糟，我仔細地看著這些拆字的部分，看啊看啊的，看到一半的時候很突然的就插入了圖騰的部分，一個又一個的圖騰花紋驟然跳出，看得我一陣頭昏眼花，本來想要撐著繼續看下去的，但我突然注意到一個問題。

我看了多久了？

這裡是個會讓人忘記時間的地方，因為不會感到飢餓，也不會有渴的感覺，所以就算一口氣看了一下午、一整天甚至一整個月……你都不會有太大的感覺，頂多就是會想睡覺，可在這竹屋裡頭總是能維持著旺盛的精神，所以這個想睡覺的念頭又會被壓到最低。

低頭看了看手錶，上頭的刻度前進了不到一分鐘，看起來只是很短的一陣子，但這將近一分鐘的刻度還是讓我頭皮發麻了。

這裡可是超高等級的精神時光屋啊！別看這不到一分鐘的刻度，沒准十天半個月就這樣過去了呢，而且爺爺留下來的書看起來很薄，其實根本不是這麼一回事，我看了這麼久居然還看不到一半！活像是看完一頁就會生出一頁一樣，完全沒個底，想一口氣看完絕對是天方夜譚。

不行不行，我要休息了，再這樣下去腦袋會燒掉的。

就在我決定要稍微放鬆一下的時候，我在紙妖幫忙寫翻譯的搭波A上頭發現了篆體字……「這是啥？你忘了翻這一段嗎？」

『不是的，因為書上本來寫的就是楷書啦，所以轉過來當然就要變成篆體！小生絕對沒有偷工減料的！』

……這是什麼鬼邏輯？

「楷書的部分就不用翻譯了啦，你在影印紙上做個記號告訴我哪裡有出現楷書就好了，」我說，接著馬上發現叫紙妖做記號實在不是個好主意，因為他的記號方式居然是畫上大把的歐噴將……「麻煩用紅線作標記就好，不要亂畫。」

『可是這樣比較搶眼！』

「少囉唆！」

『喔……』委屈。

該委屈的是我好嗎，瞪著紙面上逐漸消失的歐噴將，我只覺得頭好痛，而看到爺爺的留言，我的頭又更痛了。

——小慈親～真了不起啊居然一路看到這邊了，想必你現在一定是在那傢伙的竹屋子裡吧？怎麼樣？他有沒有說爺爺的壞話啊？

沒有，不過實話倒是說了不少。

——既然看完了理論部分，那麼現在就開始實作部分，如果他沒空幫你準備練習紙的話，爺爺這邊教你怎麼弄，很多事情都要自立自強的，那傢伙很忙，我們不能天天去打擾他……

爺爺，你這句話怎麼聽起來很前後矛盾啊？

我默默吐著槽，看著爺爺在書上的留言，我心裡升起了一種奇妙的感覺，就好像爺爺根本沒走，還在用他的方式手把手的一步步指導我一樣，讓我備感珍惜。

在這樣的情緒下，爺爺接下來寫的東西我都看得很慢，畢竟這種事先留下來的話語都是看過一段少一段，雖然之後還能回過頭來回味，但是那種第一次看的感覺就沒有了。

我慢慢的看，將符紙的製作方式給牢牢記在腦子裡，這才明白牧花者的心意。

那些櫃子裡準備好的白符可不是隨便找個搭波A裁成同樣尺寸就能完工的，一張適用於符道使用要求的符紙必須要先經過浸泡，這個浸泡的水必須蘊含著力量，在彼岸這邊的話理所當然就是用月泉了，泡完之後要陰乾，乾了以後再進行裁切，完成這些程序之後才能成為普通的白符。

如果要更高級的那又要多出幾個程序，視用途不同有過火、印染、鑲線、入砂……等等處理法，但是這些對我這個初心者來說還太遙遠了，爺爺也就沒有多提，只是讓我先有個心理準備，等我將來學到那個程度的時候，自然會有新的留言告訴我該怎麼做。

看到爺爺這段話，我的心不自覺的溫暖起來。

爺爺都幫我準備好了，一段路一份指引，只等著我走過去而已。

這就是我的路。

腦中似乎有什麼東西被打通了，一旁的櫃子上，籃子裡的白符像是被牽引一樣，默默地飄到我面前的矮桌上，看到這張紙飄來，我先是一愣：「紙妖？」這傢伙沒有在掌鏡裡頭翻譯，直接跑過來了嗎？

但下一秒我就知道我錯了，因為紙妖還在掌鏡裡，專注地將那些篆體翻譯成我看得懂的字型，所以，這張是自己飄來的？

當下，我也不知道自己在想什麼，看著那張白符，隨手取下一支掛在筆架上的毛筆，也沒沾墨，直接就這樣在紙上寫了起來。

很神奇的是，儘管毛筆上沒有沾任何東西，但符紙上卻留下了痕跡，有如光紋一般的線條凝聚在上頭，最後形成了連我自己也看不懂的字。

看不懂，但我知道我寫的是什麼。

那是一個「道」字。

我的第一張符。

小慈啊，每個人都有很多路要走，爺爺有，你也有。

路是要靠自己走，別人或許能給你引導，卻不能代替你走。

小慈啊，你要走出一條自己的路。

青燈・之七　燈

我為燈者
焰火即我臂　燈芯即我心
長明於此　予以長眠

放下毛筆，我愣愣的看著桌面上的那張符出神。

這個……我成功了？第一張符就這樣被我畫出來了嗎？

我不是很確定的將那張符拿起來，上下左右仔細地端詳起來，嗯，看起來就是張普通的紙啊，唯一不普通的地方就是上頭寫了個鬼畫符，怎麼看都不像有破壞力的樣子，要找個地方扔扔看嗎？

『安慈公，您成功了呀？』紙妖適時地顯字出來，旁邊還畫上了鼓掌的圖樣，『好厲害啊！小生可以感覺到這符上頭的力量，您成功將力量依附到紙上去了呢！』

「喔？這看得出來？」

『當然，安慈公看不見嗎？』

「看不到，」我只看到我的鬼畫符在發光而已，「這些光就是力量？」

『準確來說不算是，但是它們一筆筆組合起來之後就是了。』紙妖寫得很模糊，我看得也很模糊，研究半天之後我很快的放棄了。

「不管了，總之找個地方試試看就知道這是什麼了。」

『咦？安慈公不知道自己製出了什麼樣的符嗎？』

……這是我誤打誤撞弄出來的這種話你以為我會說嗎？

「反正都是要試驗的，知不知道無所謂啦。」起身，我興致勃勃的拎著這張符走出門，嗯，外頭還是那片滿滿的紅花，這讓我不禁疑惑起來，這門到底要怎麼開才會轉到月泉之地啊？

好奇歸好奇，但如果真的開門跑到月泉那邊我還真要傷腦筋了，我可是沒那個膽子拿著符紙去炸月泉跟那邊的白花，開玩笑，先不說月泉是不知道多少級的古蹟，那些白花可是牧花者辛苦努力所得到的見證啊，要是沒頭沒腦的拿著符紙過去炸，那麼下一個被炸的大概就是我了。

不過，這些紅花也不好辦啊。

我有些鬱悶的看著那滿坑滿谷的紅色花海，看了半天都找不到一個空地可以讓我扔符，這可怎麼辦？難道真的隨便丟？這些紅花炸下去不會出事吧？雖然爺爺說了沒問題，但真到了要丟的時候，要說沒有任何猶豫那是騙人的。

『安慈公，快扔呀！』掌鏡裡，紙妖唯恐天下不亂的拿著旗子揮舞著，娃娃不敢看花海，所以背過了身去看紙妖寫的實況：安慈公選手現在站上投手丘了，安慈公正在擺POSE，安慈公準備要投出他本日的第一發……

……我當初應該把這個字寫在紙妖身上的，這樣至少把符扔出去的時候我可以少些心理負擔。

瞪著鏡裡的那些實況報導，我忍不住在心裡如此悔恨道。

而且說到要扔，這符紙輕飄飄的也不知道怎麼扔才算好，如果像撲克牌那樣有點硬度的話還好說，射出去就行了，可這符紙……揉成一團丟出去？

這也太難看了。我一秒就否決了這個想法，這可是具有紀念價值的第一扔，怎麼也要弄得好看點吧？

於是我想了想，最後出現在我手中的是一架紙飛機。

「好，看起來不錯。」我滿意的看著手上紙飛機，隨便找了個方位後，習慣性地將飛機頭放在嘴巴前哈了幾口氣，準備工作完成！

去吧！

我拿出了小時候射飛機比賽時的手勁，將紙飛機遠遠地送了出去，射出去的同時我整個人往回跑，如果符炸出去很有威力的話，我剛好可以靠著竹屋求掩護，如果只是個煙火的等級……唉，跑遠點正好欣賞煙火嘛。

打著這樣的如意算盤，我緊張的看著紙飛機落地，紙妖為了方便實況報導，早早讓娃娃將掌鏡浮空跟在我身邊，不然我得一直舉著鏡子，看起來很蠢之外也不太方便。

……沙沙……

紙飛機歪歪扭扭的落地了，其實說落地有點不正確，應該是落在花海之上才對，所以才是發出這種沙沙聲，然後？沒有然後啊，真要說的話其實什麼反應都沒有，這讓我有點失望的從竹屋旁走出來。

「奇怪，難道這符不是用來攻擊的？」可是道這個字在拆解上非常的具攻擊性啊，提著敵人的首級當作法器前行，走出來的路就是道，這怎麼看都很霸氣無雙的字，怎麼會沒有攻擊力呢？難道我理解錯誤了？

『莫非是少了目標？』

「目標？」看到紙妖操控著影印紙顯出來的字，我愣了一下，對喔，這個提首前行，也要先有敵人才有首級能提，不然就不是道而只是單純的路而已，「可這裡哪來的敵人啊？」

『罪魂不算？』

「這些都已經入獄成花了耶。」總不能叫牧花者把它們放出來再來一次吧？

『還不簡單，安慈公可以找即將入獄的通緝犯嘛～』

「你以為這是什麼警匪追逐片啊？還通緝犯咧。」

『安慈公不覺得這是個很棒的比喻嗎？』紙妖閃閃發亮的寫著。

「是是，很不錯的比喻，就某方面來說還真是生動哪，」我不置可否的敷衍著紙妖，然後走上前準備回收我射出去的紙飛機，嘖嘖，小時候練出來的技術果然沒荒廢，紙飛機飛了好遠，「真可惜，難得的第一張符，卻沒有試驗的對象。」現在要我去找敵人我也沒底，要是到時候反被敵人給滅了不是很尷尬？

『可以去找通緝犯啊！那隻大蜈蚣！』紙妖在紙上畫了一隻醜醜的毛毛蟲，跟蜈蚣相去甚遠，我看著這個毛毛蟲，對於紙妖的繪畫天賦感到一陣心驚。

「是啊是啊，遲早要找上去的。」我隨口敷衍道，腦裡很自然的回想起蜈蚣怪的模樣，苦笑，都是因為牠我現在才會被逼著學這符道，想來就有氣，可還沒等我想到下一句要說什麼，一道燄光就在我前方衝天而起，飄浮在我身邊的鏡子也同時大放光芒！

我靠，怎麼回事？

『呀啊啊！』掌鏡裡傳來娃娃的驚呼聲，我瞇著眼睛往鏡子看去，這一看，我差點一口血噴出來。

那道在我身前燒起來的燄光，就在我下意識閉上眼睛的時候衝進了鏡子裡，然後也不知道怎麼搞的，火焰似乎直接強制接通了娃娃所掌握其中一個鏡通道，那個通道不是別的，就是通往蜈蚣怪巢穴的那一條，在接通之後，燄光不管三七二十一的直接把蜈蚣怪給捲著拖了出來，先是拖到鏡世界裡，接著就拖出掌鏡來了……

……難怪娃娃剛才會發出尖叫，因為那條蜈蚣怪掙扎的樣子實在很醜，還噴了不少酸液在裡頭，腐蝕了好幾塊地方，而在娃娃尖叫完之後，就該輪到我尖叫了。

「啊啊啊啊啊！」看著那條我避之唯恐不及的蜈蚣怪從掌鏡裡被拖出來，我很沒形象的大叫起來，順便遠離鏡子的範圍，沒辦法，這視覺上實在很恐怖，而且那蜈蚣怪邊拉扯邊噴口水，我要是不快閃的話，到時候就算只被濺到一滴也會很慘的。

火焰非常強硬的將整隻蜈蚣給捲起、拖出，從火焰竄出光芒開始一直到把蜈蚣怪拖進彼岸，這前前後後絕對不超過五秒，五秒的時間裡我根本反應不過來，這、這到底是出了什麼事啊？怎麼這蜈蚣怪突然就被拖進來了呢？

而且那個掌鏡那麼小一個出口，蜈蚣怪那麼大一隻應該連眼睛都過不來才對，現在卻整隻被拉過來？這太不科學了！

「什麼情況啊……」我驚慌的退到竹屋附近，這段時間內，被火焰綑住的蜈蚣怪還不停的在掙扎，然後在那個上空，我看到了一個字。

我寫在符上的那個字，現在化為火焰就這麼印在蜈蚣怪的上方。

不是吧，難道這就是那張符的功用？把怪抓到我面前？不，等等，好像有點變化，那個道字慢慢拆分成兩個部位了，我認得出那其中一個是「首」另一個是「辶」，然後那個「首」字部分默默的貼到了蜈蚣怪的頭上……

……不是吧！

這是要我去完整那個字符的意思？要我去把蜈蚣怪的頭砍下來嗎?!

『安慈公，上！』

「上你的大頭！站著說話不腰疼啊你！」在蜈蚣怪徹底被拉出來之後，掌鏡滾到了我面前，這讓我看到了紙妖在掌鏡裡揮舞的小旗子，一時之間真的是氣血上湧忍不住破口大罵，「這種高度最好我砍得到啦！」就算砍得到，你要我拿什麼去砍？美工刀嗎？別開玩笑了！

就在我憤慨的當頭，竹屋內，三張白符飛了出來，就跟剛才一樣的飄來了我的面前，看著那幾張紙，我愣了一下。

『跟小生無關！這不是小生弄的！』紙妖一秒撇清。

所以這些果然是自己飄過來的？為什麼？我困惑、茫然、慌張、無措，然後就聽到空氣中有琴聲穿透而來，琴音淡淡的，穩定而清澈，就像鎮靜劑一樣讓我冷靜下來。

是了，我怕啥呢？根本沒什麼好怕的，這裡可是有牧花者坐鎮的地方，要害怕的應該是那隻蜈蚣怪才對，因為這裡是彼岸，是牠這種犯下過錯的妖者最為懼怕的牢獄之地。

想通了這點，腦袋瓜裡被打通的部分似乎變得更大了，一撮小小的燈火在我心中燃起，這是什麼火？看起來不是青火，真要說的話，看起來很像是青燈用自身力量引動的那種妖火，可是青燈現在又不在身邊，這火哪來的？

引火為墨，以指代筆。

就在我疑惑的當頭，腦海裡，有個聲音這麼對我說，伴著牧花者的琴聲一同響起，聽起來像是爺爺的聲音。

「爺爺？」我輕聲呼喚，可是那聲音沒有理我，只有餘音還在我腦中迴盪。

感受著那個聲音的餘韻，我的心定了下來，決定照著聲音所說的內容去做。

火為墨，指為筆，眼前有三張白符。

「……圍！」直視著腦中的清明，我伸指在左邊的那張紙上勾勒著，很快就在上頭打上了「囗」字，這如果要用現代人的眼光去看，與其說是個字不如說它只是個部首，但是用在符上頭，足夠了。

只要能夠將我想要的意思印上去，那便足夠了。

囗，入者為囚，囚者俘之。

圍字符在我完成最後一筆的瞬間飛了出去，半空中分裂成四道火焰朝著目標框了過去自成圍勢，而像是要引導我一樣，那個聲音在圍符完成使命之後又出現了，很明確地讓我知道下個字應該寫什麼，提示都做到這個分上了，我要是再寫不出答案來可就是白看半天書了。

「孚。」順著囗字的最後一劃，我的指頭拉到中間那張符紙上，飛快地調動心底的火啖，輕輕在符紙上落下刻印，這是俘的原字。

孚字在被完成之後就直接在我眼前燒了起來，很快地燒了個精光，我沒有去理會這個符跑去了哪，因為那個聲音再次響起，只是這次的聲音帶了一點反問。

俘者當如何？

當如何？

我笑了，「爺爺，這個問題還需要問嗎？」真是太小看你的孫子了，繼續順著孚字的最後一筆，我的指頭拉到了最右邊也是最後一張白符上。

俘者當如何？自然是當斬啊！

斬。

這個字浮上心頭時，耳邊的琴聲驟然一變，從本來的清冽琤瑽轉為金戈撻伐，暗藏有殺機湧動，而這帶著肅然殺意的琴聲一起，本來還在死命掙扎的蜈蚣怪立刻萎靡下來，讓我忍不住感嘆起來。

這可真是五星級的練手待遇啊，天時地利人和大概也就這麼回事了。

彼岸的地理優勢，牧花者的琴音壓制加上爺爺手把手的提示……眼前的掠道者要是再收不下來，我乾脆去撞豆腐自殺算了。

帶著這樣的豪氣，我在最後一張白符上寫下了充滿著銳意的字：「刃！」

嗯，是刃不是斬，除了因為刃這個字寫起來比較簡單之外，最主要的原因其實我覺得有些丟臉，那就是我能揮灑出來的火焰不夠了……

雖然斬這個字寫出來比較霸氣，可正所謂巧婦難為無米之炊，符者難為無墨之揮，現在墨水都要不夠用了，誰還有那個閒功夫去計較寫出來的字霸不霸氣？趕快把敵人解決掉收工比較實在。

我撐著僅剩的焰苗將最後一筆給完成，而後只見刃符猛烈地燃燒起來，在我的身前燒成了一柄大刀的形狀，火焰很猛烈，連我的衣服都跟著燒了起來，看著那燃燒起來的衣服，我一點恐慌的情緒也沒有，因為我完全沒有那種被燒到的灼熱，反而有種很奇妙的感覺，看著這柄炎刀，就像是看著我的手腳一樣。

火焰飛舞，長髮隨之飛揚。

那是種說不上來的一體感。

就在這種玄妙的情況下，腦中，爺爺的聲音又響起了，而很神奇的是，這次還有另一個聲音跟爺爺的重疊在一起。

那是我的聲音。

『我為燈者，焰火即我臂，燈芯即我心……』兩個交疊在一起的聲音彼此混響著，融合成一道連我自己都認不出來的聲線，有著妖道特有的空明，然後我看到我的手慢慢地舉了起來，眼前的炎刃也跟著高舉。

看著那高高揚起的火燄，我好像明白了什麼，爺爺的聲音在此時帶領著我吟出了後面的句子，在今天之前，我從來沒聽過這段話，卻能跟爺爺一起說出來，這點一直到後來我才發現有多不可思議。

『燈者，長明於此，予以長眠。』

語音落下的同時，我高舉的手也用力地向下劃過去，由火燄化成的刀像是得到了命令那般，在這個瞬間激射而出，用連我都來不及反應的速度跟精準，筆直地朝掠道者的首級砍去——

——喀。

那是種說不出來的聲音，有點像吃螃蟹時用力掰斷關節的聲響，被鑲著「首」字的蜈蚣怪的頭就這樣與身體分家，騰空飛起，然後有猛烈的火焰開始燃燒。

我愣愣的看著這一幕，腦中那一直在引導著我的聲音似乎在最後發出了呵呵的笑聲，但是我沒仔細聽，只覺得身體傳來虛弱的感覺，像是跑了趟馬拉松一樣的疲軟。

火焰繼續燒著，掠道者的身軀就這麼被焚燒殆盡，但是貼有字符的首級卻怎麼也燒不掉，反而是被某種力量引動著，提到上空與那個「辶」字相合，重新組成了「道」字。

看著那個變得恐怖而寫實的「道」字，我說不出是什麼感覺，然後另一種火焰燒了起來，掠道者的首級在這個火焰焚起的瞬間發出了恐懼的尖叫，我知道這是什麼火，說來奇怪，明明都是火燄，在我眼裡卻有著分明的不同。

燒光掠道者身軀的那些，是來自我心的火燄，感覺跟青燈本身的妖火很像，而現在吞噬掉掠道者首級的，則是比這種妖火還要更可怕的存在，那是業火，能夠焚燒罪惡加以提煉的業火。

能夠在彼岸燒出這種火焰的，不用猜也知道是誰。

「做得不錯。」溫雅好聽的聲音在這個時候飄了進來，我尋著聲音慢慢地轉過頭，看到一個不知何時出現的修長身影，是牧花者，他抱琴而立，在不是很遠的地方微笑地看著我，而在他身後三步的地方，則是跟著趕過來的青燈。

『安慈公，您成功了。』她頗為欣慰地說，看著她，我心中的火焰猛地跳了一下，莫名地興起了一種奇妙的親切感，一種系出同源的感覺。

可就在這時，胸前發出了一陣滾燙的熱流，心底翻騰著的火焰在瞬間被壓了下去，於是那個親切的感覺就這麼消失了，速度快到我以為那是錯覺，我下意識地摸了摸胸口，對這樣的變化感到不解。

胸前什麼都沒有，只有我長年來掛著的一小塊玉珮，從小就有了，聽說這玉本來是戴在老爸身上，再之前則是在爺爺身上，傳子不傳女，後來我出生了就轉給我了，某種意義來說也算是傳家寶了，所以雖然從外人眼裡看起來這塊玉珮顯得有點土氣，我也是好好地將它收在衣服下，從來沒敢拿下來過。

因為老爸說了，以後我如果有兒子，這玉還得傳給他。

這玉，方才壓住了火？那火到底是什麼？應該是我的火焰沒錯吧？可是我怎麼燒得出火來呢？難道，是身上那另一半的妖怪血緣？我屬於妖的那一部分，跟火焰有關？

我為燈者。

方才念過的句子重新躍上腦海，對了，這麼說來，第一次遇到青燈的時候，她也是很驚訝地看著我，說我是燈，還說了只有燈者才能點燈之類的話，當時我只覺得一陣莫名，現在想來，難道她當時這句話就已經點出真相了？

就在我胡思亂想的時候，牧花者已經上前將業火收攏，一朵被禁錮在光華之中的紅花緩緩飄落，隨著一起飄落的還有一張符紙，上頭是一個道字。

「初次提符，就引道為之嗎？你比孤想像的還要大膽許多啊，」隨手讓紅花墜入彼岸地，牧花者拿著那紙符慢慢走到我身前，「不愧為左墨的孫兒，真是好膽色。」他這麼說，將那寫著道字的符紙遞給我。

我哈哈乾笑，接過那張有點燙手的符。

「誤打誤撞、誤打誤撞啦，我也不知道這符會是這種效果……」這是真心話，那個蜈蚣怪被扯過來的時候最驚嚇的除了娃娃之外應該就是我了，想到這，我有些歉疚的看著牧花者，「不好意思，說了不會打擾了，結果還是讓你特地跑過來……」

想到剛才突然轉成殺伐之聲的琴音，沒有哪首曲子會突然急轉直下的變調的，而且還正好變在我提取字符的那個點……我絕對是打斷了他本來正在彈的曲子了。

「無妨，舉手之勞而已，孤說過會守望著的。」

他笑著說，嘴角的弧度還是那麼的好看，如果我是女的，從初遇到現在大概已經愛上他一百次有餘了，腦子有些開玩笑地想著，然後，我就看到他將琴擱到一邊，接著脫下了身上的外袍遞過來。

「……啊？」這是幹嘛？

「先披著吧。」

披著？為什麼要我披？

我愣愣的接過牧花者的外袍，這時才發現青燈一直背著身子站在她一開始出現的地方，沒有跟著牧花者一起走過來，然後我想起了一件不太妙的事情。

剛才最後的刃字符，我身前的火焰燒得很猛，好像還燒到了衣服上……

我僵硬的低下頭，在確認了目前的衣著狀態後，我只覺臉部傳來一陣滾燙，沒有多說什麼，立刻將牧花者好意遞過來的袍子給披上，難怪！難怪我剛剛摸胸口的時候會覺得胸前什麼都沒有，結果還真的是什麼都沒有了啊！

嗯？什麼？你問我有沒有直接裸奔？

咳咳，我只能告訴你，不幸中的大幸是，重點部位並沒有曝光，只是衣服燒沒了，至於到底「沒」到什麼程度，不要問，不要說，一切盡在不言中。

嗚。

難怪青燈不敢靠過來啊啊啊！我真是丟臉丟到天邊去了我！

「謝謝，不好意思，這個、真的很不好意思……各種方面上……」我結結巴巴的道謝加道歉，整個臉燒紅的程度前所未見，我很懷疑自己的頭上是不是有冒煙。

「無妨，左墨知道會有這樣的情況，所以竹屋裡有替你留下一些衣物，稍後，你可入內進行更換。」

衣物？聽著這段話，我有些遲疑的看著牧花者，「那些是……你準備的嗎？」是古裝？雖然說有比沒有好，再怎麼樣至少都比裸奔強，但是要我穿著古裝跑回去感覺有點玄啊。

幸好，牧花者搖頭了。

「非也，那些都是左墨遺留下來，說有朝一日會用上的物品，孤只是替他保管，」他笑著重新抱起一旁的琴，「現在想來，今日或許就是那有朝一日了。」

……爺爺，這該說是神機妙算呢還是有備無患啊？當然，我個人更傾向是爺爺懶得把東西帶走，所以隨口胡謅了一個理由忽悠牧花者而已。

在告訴我那些衣物都收在哪裡之後，牧花者沒有急著送我離開，似乎對他而言，沒有什麼事情是需要著急的，就算是真的很急切的大事，他也能從容地面對並完成，這種氣質真的很讓人折服。

他讓我先在竹屋裡休息，等到覺得可以了再離開就好，他會過來幫忙連接通道的。

聽他這樣提議，說真的我是很慶幸的，因為我的確有點累了，剛才就說過，我覺得自己像是跑了幾趟馬拉松，只不過寫了四張符而已就變成這副德性，實在是很虛啊，太欠鍛鍊了。

「這很正常，畢竟是第一次操符，初次嘗試總是特別耗神的。」牧花者如此安慰道，啊啊，這一連串的話聽下來，老實說，這次連我都忍不住想發牧花者好人卡了。

牧花者，你真的是個很好的人啊！

我在心裡痛哭流涕的想著，然後就看著牧花者抱著琴離去，他這是要到別的地方彈琴去了，這一瞬間，我在心底大聲宣布左安慈就此加入牧花者粉絲團，成為牧花者的腦殘粉，而且是很鐵的那種。

牧花者離開的時候有順便過去跟青燈說了幾句，我不知道他說了什麼，只知道他這話一說完，青燈就飄了過來。

『奴家什麼都沒看到。』

『+1。』

『娃娃很乖！不該看的都沒有看喔！』

青燈說，而在她拾起的掌鏡裡頭，紙妖跟娃娃飛快地補充說明，看著他們急急忙忙的表態撇清，一瞬間我連想死的心都有了。

……我說你們啊，知不知道什麼叫此地無銀三百兩啊？異口同聲的說這種話不覺得很欲蓋彌彰嗎？我本來是要吐槽的，但這三隻都這麼貼心的表明了，我也不可能去追問他們到底都看到些啥，只好順著話講：

「是啊是啊，你們什麼都沒看到。」皆大歡喜，至於我心裡哭成啥樣只有我自己知道了。

披著牧花者的外袍，我跟青燈一起進了竹屋裡，想著反正是要休息一段時間的，這袍子也就不急著換下來，除了是因為寬鬆的袍服穿起來比較好睡之外，也是因為牧花者的衣服上有著紫檀的香氣，聞著很放鬆，讓人一時捨不得脫下來。

而在整個鬆懈下來之後，看著屋裡的矮桌、桌上擺著的那本符道跟旁邊紙妖翻譯好的影印紙本，我有種在作夢的感覺。

剛才，我真的就那樣收拾了一個掠道者？

『安慈公，』青燈的聲音在這個時候響起，將我從失神中拉了回來，『您還好嗎？』

「嗯……嗯！」我頗為勉強的點點頭，這個，應該算還好吧，「只是還有些在意的地方。」

『在意？』

「就是……」我身上的妖者血脈到底是哪一種妖？是不是真的跟妳一樣都是燈？我本來想這麼問出口，但又突然想起胸前玉珮壓住火焰的事情。

下意識地，我覺得這不是能隨口說出來的事情。

「沒什麼啦，」所以，我這麼說了，「只是想到以後如果每弄一次符就得像現在這樣燒掉一套衣服的話，未免也太傷錢包了……」

『此言甚是，』青燈很認可的點頭，『但只要控制得宜，應該就不會再發生這類事情了，奴家不懂符道，但那符火操控起來應當同奴家的妖火相去不遠，不嫌棄的話，奴家願意跟安慈公分享控火的心得。』

所以在妳眼中那些火燄只是符紙燒出來的火嗎？

這句話哽在我喉頭，想了半天，我還是把它嚥下去了，「那就麻煩妳了。」

『一點也不麻煩，能幫上忙，奴家非常高興，』她這麼說，然後看著我爬到竹床上，『現在就請安心歇息吧。』

「嗯。」躺上床榻，我閉上眼睛，靠著紫竹的床板，嗅著鼻間那淡淡的紫檀香，腦子不自覺地想了很多事情。

爺爺的事，青燈的事，符道的事還有那些火焰的事……最後跟爺爺一起吟唱出的那段句子，有什麼特殊的意義嗎？

我在心底揣測著，就在這個時候，青燈突然輕輕地哼起某種特殊的旋律，聽著那曲調，濃厚的睡意頓時如浪潮般席捲而來，而在我墜入夢鄉之前，我聽見青燈吟出了讓我差點整個人坐起來的語句。

之所以沒真的坐起來，是因為我實在太睏了。

沒有注意到我心底的波瀾，青燈輕柔地哼唱著，那是一段我才剛念過沒多久的段子，雖然不是完全一樣，但卻有著驚人的相似性，讓我忍不住在心底跟著念了一遍。

爺爺，我知道我們是半妖，但是你、我……我們究竟是什麼樣的妖呢？

我這麼想著，困惑著，然後就在青燈那一次又一次的輕柔唱頌聲下，陷入了沉睡之中。

『祝好眠，安慈公。』

在我睡去之後，青燈這麼說，接著又一次地輕輕唱起：『我為燈者……』

以身為焰　以心為燭

長眠於此　予以長明

卷二　赤染於空　完

青燈·番外之一

宓姬

一開始，她只是一株普通的洛神，傍水而生，靜靜地承接著天地間的靈息，即使凝結出神識得以幻化成妖型，她依舊靜靜地待在原地，遠離塵囂。

然而，即使她有心靜修，人世之間的紛爭卻是讓她避無可避，幸好她在「道」上頭的進展相當飛快，早早就已經修練至小成境界，帶著本命避過禍端對她而言並非難事，於是她遷徙，於是她流浪。

朝代更替的速度很快，說書人之間流傳的故事很多很雜，而且流傳得很廣，人知神知，妖也知，在這其中，甚至有很多說書人就是妖書的化形，只是人們不知道而已。

話語流傳，亂世紛轉，戰爭一波接過一波，人不好過妖也好不到哪裡去，而不知道從什麼時候開始，同伴們給了她一個戲稱。

她們是這麼喊她的，『若宓』。

這好像是在影射某一位亂世中的佳人，但她不知道那是在指誰，因為她不關心人世，也不在意人世，只是這個名字喊久了之後，也就莫名其妙的真的成了她的「名字」，雖非真名，但也相差無幾。

而後，因為她的修行隱約有窺見天道的趨勢，花妖們於是開始稱她為「宓姬」。

宓姬。

雖然覺得這樣的稱呼有些太過造作，但她也接受了，說接受可能有些牽強，其實她只是抱著不鼓勵不支持卻也不反對的態度來面對這樣的稱呼而已。

平靜的看待一切變化，然後淡然處之。

也許這就是為什麼她的「道」可以進展得如此快速的原因，任何生靈只要能同她一般心靜無波數百年乃至千年，一定也可以達到相同的境界。

然後時代來到了唐。

唐朝，又一個富裕、豐饒的盛世。

她喟嘆的看著這個太平盛世，歷史的經驗告訴她，真正的腐爛都是從熟透的果子開始的，而眼下的這個「果子」才正要開始步入後塵，後塵之後，又是一場紛亂的開始。

「唉……」青空之下，宓姬站在高山上俯瞰著那規劃有制的城鎮，喟嘆著，「人子們，為何總是要這樣重蹈覆轍呢……」

「因為這樣才是人啊。」一個很理所當然的回應從她身後傳來，那是兩隻鏡妖，自春秋時起就認識的老朋友，本命是一對鴛鴦鏡，如膠似漆了千餘年依舊故我。

「是你們啊……許久不見了，還是一樣嘛。」

「當然，咱倆的感情好得很～不過這次一別真的是挺久的，幾年了啊？有過百不？」男子轉頭問向身邊人，「記得上次來找若宓的時候人們還在南朝呢，現在都已經貞觀，應該有過百許吧？」

「我怎麼知道，也只有你才會去算這些時日，」女子敲了他的頭，然後自顧自的上前，「若宓，好久不見了，這是我跟我家相公方才尋來的一些小點心，聽人們說是聖品，嚐嚐看如何？」

她拿起一個小竹籃遞過，裡頭透著食物的香氣，雖說他們並非靠吃這些食物維生，但偶爾的口腹之欲若能滿足哪也是不錯的，而且那是友人特地帶來給她的，不收也說不過去，於是她接下了那個籃子。

「謝謝，有勞你們費心了。」

「不，費心的只有未央，我只負責吃而已~」男人傻笑著說，嘴裡不知何時拿了一個果子在啃，「若宓，這個很不錯的喔！趁新鮮的時候吃最棒了！」

「啊！你！」看到男人手上的果子，拿籃子過去給若宓的女人大驚，立刻打開籃蓋……果然！少了一個！「死風！你能不能不要那麼貪嘴！」

「才一個而已，我的好未央，別那麼生氣嘛~小氣是會生皺紋的！」

「你說什麼！」未央大怒，上前就是一陣拍打，「偷吃已經很可恥了你居然還敢這麼說！還有，誰生皺紋啦？找死啊你！」

「哎呀好痛！別打、別打了啦！」被稱為死風的男子一邊吃著果子一邊逃竄，跳上跳下的好不狼狽，「欸、若宓，妳別光站在那裡看嘛，快來幫我拉住未央！」

「哼、若宓是同我一塊兒的！你別想她會幫你！吃我一拳！」

「哇啊！」

打鬧的聲音持續傳來，若宓提著籃子看著那對鏡妖的追逐。

「感情還是那麼好啊……」她輕嘆，周遭歡快的情緒快速的染上她的心房，嘴角，浮上了這些年來已經逐漸罕見的笑。

「唉呀！若宓笑了！」未央驚喜的道，手中拳頭停了下來。

「這下糟糕了。」看著那抹笑容，宛風一臉凝重。

「什麼糟糕？若宓笑是好事啊。」她已經很久沒見到若宓的笑了。

「不是，這樣長城會塌的！」認真。

「塌……！」未央氣結，然後又是一陣追打。

「呵呵呵……」輕笑地看著兩隻鏡妖的追逐，若宓微微側首再次看了眼底下的人世繁華，罷了，罷了，無論人世如何浮沉，都與妖者無關，轉頭看著她的友人，那個時候的她如此深信著，深信現在眼前的事物不會如人世那般變遷，而會持續到永恆。

但是她錯了。

而且錯得離譜。

時至唐末，天有雷雨，若宓一如往常地靜坐在她隱世修行的洞庭之中沉思，就在某一道雷鳴咋響後，她的庭前出現了一道熟悉的身影，那是……

「……未央？」起身，若宓停下了她的沉思上前迎去，「怎麼來了，而且還一個人？宛風呢？」她從未見過這兩人離開彼此，這還是頭一遭。

「宛風，我用這個讓他先睡下了……」未央道，顫抖的手上拿著一個小瓶子。

「迷魂香?!」看到那瓶子，還有瓶口邊隱約的香氣，若宓大驚，「怎麼回事？吵架了嗎？」她可從來沒見過這兩口子吵架啊，「未央，妳還好嗎？妳看起來有些不妥。」

「的確是有些不妥，否則我也不會特地迷昏他，還跑過來找妳……」

「怎麼了？」若宓的心出現了罕有的波動，那是一種叫做心驚的感覺，「未央，妳願意說給我聽嗎？」

「……我、我要消亡了……」

轟！

雷鳴伴著雨聲轟然作響，未央顫抖的聲音如游絲地鑽入若宓耳中。

消亡？

「怎麼會……」她不敢置信的退了幾步，一般而言，像未央這樣已經修行到這種地步的妖者是不會輕易消亡的，「為什麼？」

「……我不知道，我只曉得青燈就快來了……」未央臉上掛滿淚水，頹然而坐，「我只求消亡之際別讓兕風看到，若宓，迷魂香擋不了多久，在我過來的這時他怕是早已醒來了，妳可以幫我擋住他嗎？」

「這……」

「拜託，我只來得及找到妳，幫幫我吧，若宓……」未央伏了下去，就在此時，她頭上的髮突然披散而下，一隻來自人世的簪子就這麼墜落在地，發出了清脆的聲響。

作工精細的梔子花簪靜靜地躺在地上，而後，有青火燃起。

來了。

「未央！」若宓大驚，衝上前去想扶住對方，卻發現自己的手居然穿透而過。

「!!」

「沒想到，來得這麼快……」未央悽楚的笑了下，懷裡掉出一面正逐漸裂開的鏡子，「若宓，對不起，讓妳瞧見我這糟糕的樣子。」

「未央……」她說不出話來，或者，不知道該說什麼，只見得洞庭之中雲霧四起，有一名青燈持燈杖翩然而至。

『時辰已到，』那名青燈說，眼底是清冷的淡然，她朝未央遞出了手，『您該走了。』語畢，一簇青火在未央身上燃起，瞬間燒盡了她的身形，殘下點點螢光。

洞庭之外，有個人影飛奔而至，然後若宓聽到了鏡子破碎的聲音，接著是令人不忍聽之的哀號。

是兇風。

她在這之前從來不知道妖者可以哀傷至此，而在這之後，她算是明白了什麼是心碎的聲音，真要形容的話，大概，就像是碎鏡一般的音律吧。

兩千年。

未央跟兇風自有神識成形之後至此已經相扶相持了逾兩千年有，是一對相當古老的鴛鴦鏡，也是若宓修行至今最好的兩個友人。

她不懂如何安慰，甚至幾乎無法靠近對方。

因為那哀傷的波濤太過凶猛激昂，怕是只要自己一碰，就會被整個捲進去再也回不來了。

修道者最忌心緒起落，因此也最不擅面對此等驟變，所以若宓只能看著青燈提走未央的幽魂螢光，只能看著兇風衝進她靜思的洞窟中，抱起未央的碎鏡發出可怕的吶喊。

青燈沒有理會這樣的崩潰，也絲毫不受影響，因為諸如此類的悲傷與痛苦，身為無淚者的她們早在接過燈杖的剎那就被壓抑到幾乎沒有的程度了，於是就如同來時一樣突然，青燈在領魂之後轉身便走，無視於身後的悲慟。

走了。

兇風覺得自己的心也要如手中的鴦鏡般碎裂了，就像被活生生刨去一半一樣，他的半身，他的伴，走了。

「未…央……」顫抖著，他的淚一滴又一滴地落上那破碎的鏡面上，腦中什麼都無法思考，眼神透著死灰，連若宓來到他身前都渾然不知。

「兇風……」強忍著因為靠近而渲染上的哀傷，若宓努力地走到兇風身邊，「你、你還有很長的路必須走，要連未央的份一起……一起活下去啊……」

「活下去……？」茫然地抬頭，兇風那毫無生機的眼看得對方一陣心驚，「為什麼呢……為什麼我還在這裡……我們不是一同出世的鴛鴦鏡嗎？為什麼未央走了、我卻還在這呢？」

「為什麼我沒有跟她一起走呢？」死寂的眼中透著寒冰，兇風輕輕低喃著。

「兇風，別這樣、」咬牙，若宓撐著自己那快要被對方四溢的哀傷給滅頂的心，上前用力搖晃著兇風的肩，企圖將他從悲哀中搖醒，「醒醒，未央看到你這樣子，她不會高興的！」

「未央看到……」聽到這樣的話，夗風只是無神地看著若宓，周遭，苦楚的波濤更加地擴大了，因為，「她已經不會看到了，不是嗎？」

「嗚！」不行！

接觸到那份視線，若宓再也頂不住了，只能喘息著迅速退開，因為她知道，如果再繼續像剛剛那樣靠近的話，她會被那份哀傷殺死的！

「夗風……放下吧，想想以後，算我求你了……」

「放下？」看著那被逼退的友人，夗風的雙眼逐漸變得鮮紅，開始有血淚自眼眶中奪出，「以後？我還需要以後嗎？」

「夗風?!」若宓震驚了，「你在說什麼?自殺者無法渡橋!你會真的見不到未央的!」

自行放棄性命的妖者，不在青燈的管轄之內。

「嗯、我不能死……我要等青燈……」點頭，夗風捧著鴦鏡而起，血淚在鏡面上蜿蜒，「但是，我也不要這個世界了……」

「什麼？」聞言，若宓的心底閃過了某種可怕的警訊，洞窟之中開始有奇異的風吹起，給人一種很不祥的感覺。

「我不要了，」像是在重複什麼似的，血紅著一雙眼，夗風看著退避到一旁的友人，臉上開始泛出奇異的圖騰，身上的妖氣也變得渾濁起來，「這個沒有未央的世界，我不要了……」

「不可以！」尖叫著，若宓看著夗風的變化，心膽俱裂，她知道這種變化代表什麼，她知道此時爬上對方臉龐的是什麼樣的刻印！天啊！

殀風要入魔了！

「不要！殀風——嗚啊！」衝上前想阻止對方的化魔，但若宓才剛想靠近，就被一道奇異的牆給強硬的彈了出去，反彈力道之大竟是讓她直直撞上了山壁！「咳咳、咳……嗚……殀風……」

「不要了，什麼都不要了……沒有未央……我什麼都不要了……」喃喃地念著，殀風臉上的圖騰顏色越來越深，在他腳下的地面逐漸裂開來，妖氣四散，原先有如靈光的氣息漸漸染上宛若血色般的豔紅。

若宓束手無策。

她完全沒辦法阻止殀風的轉變，正確點來說，她光是在一邊抵抗那股苦楚的漩渦，收攝自己的心神不被拖進去就已經耗去不少心力了，加上對方的修行原就較她來得高，這讓她更加的無法可想。

怎麼辦？再這樣下去，若真讓殀風入魔，如此的大妖化魔之後將會對人世造成多大傷害？又會對群妖造成多大影響？

若宓不敢想。

必須阻止才行，但是該怎麼阻止才好？

她不知道，而就在她茫然無措，眼看殀風即將邁向不歸途的這瞬間。

耳邊，有琴聲響起。

然後她看見了空中有一扇奇異的門扉開啟，在那扇門之後，是連綿無盡的血紅。

有個人自門扉中跨步而出，琴聲就出自來人手中。

「幸好，還來得及，」自空中步出的人說，曳地的長髮隨意地披在身後，臉上戴著一副遮住了眼部的銀白色的面具，「悲痛的妖者啊，敢聽孤吟唱一曲麼？」

「你……是誰？」血色的雙眼空洞地看了過去，「我不聽，滾。」不客氣地拒絕，在這拒絕話語落下的瞬間，兕風身上彷彿射出了無形的刀刃般，破空朝那人劃去！

「莫激動，聽孤一曲後再說吧？」沒有閃開兕風無禮的攻擊，那人只是淡淡地將所有的風壓給制住，甚至還巧妙地移動身形，替身後那心弦受創的洛神花擋了一擋，「好一朵淨潔的花，假以時日，必有所成，可願留下聽孤這一曲？」稍稍回眸，踏空而出之人看著若宓說道。

若宓呆了。

因為她知道這個人是誰了。

「你……不，您、您是……牧花者？」為什麼牧花者會出現在這裡？若宓的心忐忑不安，難道、難道是要來收了兕風的？不！想到這，若宓想也沒想的就伏拜下來，「請您高抬貴手，兕風他、他只是一時被傷悲沖昏了頭而已，他——」

「——孤明白，」打斷了若宓的話，牧花者撫琴而坐，「孤此次前來，不為收，而為授，為獻上一曲而來。」

「咦？」一愣，但若宓還沒來得及問清，琴聲已然響起，彷彿能鎮壓心傷似的琴音自那人的手下流瀉而出，然後，那人悄悄地唱了起來。

如果說琴音是鎮壓傷痛，那麼那人的歌聲就是修復傷痛。

宛若療癒般，若宓沐浴在這曲音之下，覺得自己那差點要被吞沒的心似乎不再那麼難受了，而兇風，僅一步之差就要入魔的兇風，那爬在臉上的圖騰烙印在這一曲之下漸漸地淡了下去，血紅的雙眼也慢慢回復清明。

「枕淚千行人獨醉，夢縈百度幾相隨，誰問杯中空留月，但求此情應不悔……」低唱著最後幾句曲詞，牧花者的歌聲在曲終末之後漸漸弱下，僅剩餘音繚繞，而後，牧花者那深邃的雙眼望向兇風，「鏡妖，冷靜下來了不？」

兇風沒有回答，他只是哀慟地看著方才撫琴而唱的人，口中又一次吐出了那長久以來陪伴他至今的名後，閉上那雙凝有悽楚的眼，厥了過去。

「兇風?!」看到這樣的情況，若宓連忙奔了過去，扶起那倒地的友人，「兇風？」

「請寬心，那隻鏡妖應當沒事了，」像是鬆了一口氣似的，牧花者道，「幸虧即時趕到，幸虧還來得及，若讓鏡魔出世……」那就不是一朵紅花就能了結得了。

「牧花者大人……啊！您、您的手！」不解地朝牧花者看過去，這時，若宓才發現對方彈琴的指頭上全是斑駁的血跡，而那把彈出了心曲的琴卻是斷盡了弦，整把琴跟一開始她所看到的相比，現在簡直是黯淡無光。

「要鎮住此等妖輩，即便是孤，也需付出代價，」淡然地看著自己指腹上那堪稱皮開肉綻的傷跡，牧花者道，視線來到雙手下，他看著那把為了配合這曲而傾盡了己身一切的琴，露出了些許的不捨，「倒是苦了這琴，寧可奏斷心弦也執意伴孤至此，著實難為它了。」

「牧花者大人，那琴……」

「睡了。」牧花者道，掌上輕柔地撫著琴身，「它需要休息一段時間。」

「大人……」

「嗯？」

「若您願意信任小的，若宓願替您守琴，以答謝您一曲之恩。」

「那就有勞妳了，」沒有拒絕，牧花者起身將琴捧至若宓跟前，「在此琴重新醒覺之前，孤將其託付與妳，洛神之姬。」

「若宓必不負所託。」扶著靠在自己身上的友人，若宓輕輕地對牧花者點頭，「諸多失禮之處，還請見諒。」

「無妨，禮不過形式而已，」留下琴，牧花者沒有像來時般開啟門扉破空而去，反而是舉步朝洞窟外前行，在他走出洞口之前，他稍稍回過頭看了看洞中的兩人，「自古……情字最是心殤啊……」

「牧花者大人？」

「沒什麼，孤必須尋來它物以暫代琴者之位，就此別過。」

「恭送牧花者。」

若宓說，目送牧花者的身影消失在洞窟之中。

在夗風醒來之後，他只是沉默地將鴦鏡收入懷中，對於未央兩字半點不提，除了深深地對若宓道歉之外，就是看著那沾染了牧花者之血的琴。

然後他離開了，沒有留下隻字片語的，他帶著未央掉落的花簪跟碎鏡還有自己那裂成一片片的心，離開了。

若宓沒有追上去，也沒有去尋，她只是再一次進入了靜修與沉思，捧著那已然耗盡一切的古琴，靜靜地在洞中沉思，過了很久之後，人子們有時會聽見山中傳來琴聲的琤瑽流韻，隱隱約約，還能聽見有個悠然的聲音隨曲而歌。

枕淚千行人獨醉　夢縈百度幾相隨
誰問杯中空留月　但求此情應不悔

青燈・番外之二　赤染

昏黑的夜。

這裡是太陽照耀不到的彼岸之所，風中隱約有聽不見的哀鳴、咒罵然後是怨恨的低語，地面無垠的延伸，放眼望去，整片土地是鮮紅色的。

這片鮮紅來自於地面上成千上萬的紅花石蒜，紅花隨著地表綿延無盡的延伸過去，宛如無盡的花海一路燃燒到地平線的另一端。

在這片彷彿被火焰悶燒般的暗夜深紅下，有個人抱著琴在紅海之中走動，曳地的長髮拖行於花叢間。

『你要在這裡待到什麼時候，』寂靜中，古琴的七弦震動著，奏出了一串只有那人聽得懂的音符，『還不放棄麼？』

「孤不會背離誓言，」那人說，低沉的嗓音有些沙啞，像是唱了太多的曲子，「你若倦了，孤找它物替你便是。」

『我什時說過我倦了？』琴聲有些不滿，『只是覺得有點煩而已。』

「為了何事而煩？」

『為這些不知醒悟的傢伙而煩。』

「這就是孤立身於此的目的，」席地而坐，那人的手搭上琴弦，嘴角帶著溫和的笑意，「直到花盡凋落於地為止，孤不會放棄這裡。」

『……頑固。』

「承蒙誇獎，不勝感激。」

『這才不是誇獎……』琴嘀咕道，然後感受到那人的手自弦上撫過，『沒辦法，我就繼續陪你唱吧。』

於是琴鳴，在弦音的聲符之下，那人低聲唱出了引渡之歌。

若隱若現的光點自樂音中飄出，散落到整個空間、整個花海，這點點微光緩緩地落在紅花之上宛如凝露般閃爍，而後，在那千萬紅花之中，一朵承著光露的花垂下了頭，迅速凋零落地，在紅花墜地的同時，有一抹青火燃起，將這朵枯萎的紅花燒盡。

遠方，青色的燈火懸現於空，『爺，您可以走了。』

來者是青燈。

在青燈說完這句話後，被青火燒盡的紅花上頭飄出瑩白的光點，空中出現了燈橋。

『悔盡，改盡，以青火與死花的凋零為見證，』青燈說，提著燈引領那抹瑩白飄向燈橋口，『爺，過去吧。』

瑩白的光點順應青燈的話飄過橋，於此同時，底下的花海似乎發出了怒吼，但青燈不以為意，彷彿花兒們的憤怒與她無關。

「遠道前來，辛苦了。」那人頭也不抬地道，琴聲漸漸鎮住了花海的咆哮。

『這是奴家應該做的，』青燈深深地向坐在花海中的男人揖禮，『牧花者，遠方有青火待引，請容奴家先行告退。』

「去吧，後會有期。」埋首於琴音中，他微微點頭示意。

『是，後會有期，願再會之日不遠，牧花者。』語畢，濃厚的煙霧將青燈包起，而當霧氣散去之後，青燈已然不見身影。

『啊啊。』感受到青燈的離去，琴嘆了一口商音，『渡曲十餘年才得一朵花凋，而罪花卻是年年在增加……赤染，這不值得啊，你彈十餘年的渡曲就那麼一朵聽進去……』

「孤明白自己在做什麼，」被稱為赤染的人說，手中繼續彈著渡魂曲，「價值在於人心，哪怕只能渡得一朵，孤亦覺值得。」他說，唇邊依舊帶著笑。

『……你沒救了……』

「過讚。」

這不是稱讚。

琴頭大的想著，然後同時意識到自己並沒有頭這種東西，『罷了罷了，既然被你騙來做苦力那我就認命的——』

——嗡嗡嗡！

琴語奏到一半，全數的弦突然震盪起來，像是感應到什麼東西似的鳴音大作！

『赤染，這個、真是噁心又汙濁的氣息啊，實在令人不舒服。』

「唉……」嘆，赤染的微笑隱去，換上了凝重，「走吧，這應是方才那位青燈的引，那位青燈該是應付不來的。」

『嘖，好不容易送走了一朵，卻又來朵新的，』琴嘀咕著抱怨，弦音漸響，『這樣子什麼時候才算個頭啊？』

「……」

『別不說話，你也感嘆一下嘛。』

「沒什麼好感嘆的，走了。」赤染說，起身，提手拉弦往前空彈而去，虛無的空中頓時出現了一扇門，赤染抱著琴跨門而過，門的那端，有一個巨大的蛛妖正在攻擊青燈，周遭布滿了充滿惡意的蛛網結陣。

網上，捆了數不清的眾生。

『牧花者——呃！』見到赤染的出現，青燈開口想說些什麼，卻因為這一時的走神被那妖給擊飛！

不好，會撞上那些陣法的！

青燈在心底閃過一絲心驚，而就在她快被陣法所捕獲時，本來應該在另一端的赤染突然來到了她的身邊，手一攬就將青燈接下。

「可有傷著？」

搖頭，『托您之福，奴家無事。』

「抱歉，孤來晚了。」

『不，是奴家來早了，』青燈歉然地道，『奴家沒想到這位爺會捕食他人生命來延續己身，這才……還勞您親自前來，當真過意不去。』

「無妨，」放下攬在青燈腰間的手，赤染上前看著那苟延殘喘卻仍凶險無比的妖異，「孤也是為了這樣的時刻而存在的。」

『我不會死的！』看到赤染上前，妖者狂亂地揮舞著自己的鐮爪，毒爪開闔著滴下了惡臭的液體，『我命不該絕！誰來都沒用，我會活下去給你們看，哪怕是青燈、青燈又奈我何啊哈哈哈！』

「彩蛛，如此天地罕見之物卻在終末之時誤入歧途，悲哉、哀哉。」

『胡扯！什麼終末！我的終末還沒到呢！該終末的是你們！』彩蛛道，蛛網擴散了出去將兩人團團包圍，『一起成為我的食物吧！然後我會活得更長、更久！』

「執迷不悟，」赤染皺了皺眉，臉上閃過一抹哀傷，「如此輕狂，燈橋並非汝輩可過之道，先在孤的守渡之下審視己身的罪惡吧，待到花身凋盡，青燈再次前來渡領為止。」赤染說，而後抬手虛空一握。

數條琴弦從他袖中飛出，像是有靈性般訓速地捆上了彩蛛那龐大的身軀，而後收緊。

『啊、啊啊啊——』煙氣跟霧水從蛛妖的身上散出，幾絲帶著汙濁的瑩光像是被抽離似的往赤染的拳頭集中，蛛妖的妖氣迅速削弱，身體也逐漸乾癟，被捆縛的眾生立刻趁著這個時機爭相逃竄。

『不！我辛苦取來的生命啊！別跑！那是我的！都是我的！啊、嗚啊啊啊——』蛛妖絕望的嚎叫著，想要掙扎、抵抗，卻只覺得自己的力道墜入無底洞之中，無論做出怎樣的反抗都起不了效果。

而後哀號漸弱，終歸於虛無。

「到另一塊地方，悔過你此生的一切，」低沉的嗓音道，赤染收回了他伸出的手，緩緩攤開掌心，一朵怒放的紅花石蒜被他禁錮在掌心的光華中，看著那紅花，他輕輕一嘆，

「若非執迷至此，孤或許會考慮放你一馬……」

『牧花者……』青燈持杖上前，『奴家在此謝過您的出手相救。』

「這是孤應該做的，」禁錮著花朵的光球懸浮於空，赤染回頭看著那低頭作揖，禮數周全的青燈，這才發現眼前人的面容不曾出現在自己的記憶之中，「妳是新任的青燈？之前沒見過妳。」

『是。』

『是的，奴家接杖至今方滿一年。』

「一年……那是最近才接的杖吧。」

「青燈啊。」

『奴家在。』

「毋須如此多禮，」他抬手拍了拍青燈的頭，「孤承受不起。」

『但是，上一代說過您是應當受到尊敬的，』青燈抬起頭，澄澈的眼直視赤染，『奴家也以為您應該得到這分敬重，奴家給您帶來困擾了嗎？』

「……不，只是孤並沒有那麼偉大。」

『奴家聽說，牧花者誓渡盡群妖方歇。』

「孤的確這麼起誓過。」

『那麼，單就這份心誓，請您接受奴家的敬意，』青燈說，小臉布滿認真，『還有群妖的敬意。』

「……妳很特別。」

『？』

「其他的青燈不會有這樣的堅持，」赤染笑著，伸手擷取了自己的一束髮，「作為回應，收下這個吧。」

『這是……？』

「孤以髮入弦，妳的修行尚淺，下次若再遇到此類妖異，牽動此髮即可，莫再隻影相迎，明白？」

『是的，勞牧花者費心了，奴家謝過牧花者的賜予。』語畢，青燈恭敬萬分的接過了赤染的髮束。

嗡嗡……琴弦低聲響起，傳著只有赤染才聽得懂的音律：『赤染，這青燈讓我覺得你活像個皇帝……她的模樣根本是在接旨……』只差沒有喊皇恩浩瀁跟萬歲萬萬歲。

『噤聲，』赤染隨手敲了一下琴身，心道：『這位青燈只是擁有他者早已遺忘的率真罷了，如此難能可貴之事，你不該妄出此言。』

嗡……

琴聲消了下去。

『牧花者。』

「嗯？」

『奴家必須繼續趕路了，先就此與您別過。』

「趕路？」

『是的，上一代要奴家前往東邊的小島去，因此奴家正在往該處移動，』青燈小心的將赤染的髮束收後，重新背起了燈杖，『待奴家抵達後，可否再前來拜訪？』

「可以，孤的地方鮮有人來訪，若妳不嫌棄那片蒼涼與招待不周的話，隨時歡迎。」

『那片風景代表著牧花者的有情，奴家不覺得那份情意是蒼涼，』語出，赤染的身體微微一震，但是青燈並沒有察覺到這份震動，只是繼續說道：『奴家雖為無淚者，但仍能明白他人之心，牧花者的心意令人動容，奴家定會再去拜訪的，那麼，牧花者，奴家告退。』

青燈行了一禮，而後隨著煙霧隱去。

然後四周靜了。

嗡嗡……

『有情啊，』琴聲嗡嗡響起，打破了短暫的靜默，『赤染你說得對，這個青燈很有意思。』跟隨了赤染這麼多歲月，它還是第一次聽到身為無淚者的燈會說出赤染有情這種話。

「從未想過能有燈者能理解，沒想到今天就遇上一個，」赤染似嘆非嘆地道，抬手拉弦，「該回去了。」回他那片無盡的花海之中。

『知道啦，要開門是吧？』琴沒好氣的鳴唱，空中有門扉開啟，赤染領著那被光華禁錮的花朵，抱著琴踏進那門扉。

被禁錮的花在入了門之後落地，根瞬間紮進了土裡，火紅的花怒放著，像是在掙扎，掙扎著要離開土地的束縛。

「在此聆聽、省悟吧，待爾等悔過了，束縛著爾等的花身自會凋謝，而後青火即會燃起，燒盡那片悟過的罪，領汝等前去該去的地方。」

在省悟之前，且聆聽他的渡曲吧。

於是赤染再次落坐，坐在彷佛連夜空都能染紅的花海之中，撫琴而唱。

青火起　引渡群妖過忘川
紅花落　提拘罪生於彼岸
燈火不熄　青燈不滅
紅花不凋　赤染不離

青燈・番外之三

弦音

寂靜，這片空間如往常一般地沉默著，只有瑤琴的弦音繚繞，偶爾混著赤染的歌聲一同在這片空間中驅散那壓抑的靜默。

這裡是離彼岸最近同時也最遠的地方，是禁錮著罪魂們的牢獄，同時也是赤染守護了不知道多久的場所，對赤染而言，時間是沒有意義的，除卻這片花海、無數的罪魂之外，他有的就是一個人、一張琴，然後就是無盡的時間跟歲月，跟堅定不移的初衷。

綿長的時間過去，也就只有這些能讓他在乎。

而因為這塊地方紮滿了罪魂之花的緣故，很少人願意待在這裡，意志不堅的人怕自己會被那花海的咆哮跟怨語給吞沒，而意志堅定的人也不會跑去自討苦吃，畢竟那成千上萬的怨實在太過沉重，長久以來，也就赤染一個撐了過來。

即便是前來接引悔悟罪魂的青燈們，也是奉上青火一朵領魂渡橋後便速速離去，無人願意駐足，也鮮少有他者來訪。

所以他已經習慣了一個人。

一個人抱著一張偶爾會跟他拌嘴的琴，孤獨的坐在鮮紅之中。

但某一天，這個讓赤染習以為常的孤獨似乎被悄悄地打破了。

那天，赤染如往常般坐在紅花間彈奏渡曲，他彈得很專心，每一曲渡魂他都是傾盡心力在彈，偶爾他會出聲吟唱，與琴音和鳴，待數曲過後，他會抱著琴前往下一塊地方，然後繼續下一輪的渡曲。

『赤染，』在一曲奏畢，赤染抱著琴移動的空檔，琴覺得它有必要發些牢騷，否則赤染肯定會忘我的繼續彈下去，『赤染，不休息一下嗎？我們已經連彈數日了。』

「不過三個月。」赤染輕描淡寫的道，彷彿這三個月跟三分鐘沒有差別。

『是已經三個月了！』琴音嗡嗡響起，『休息一下吧，再這樣下去你的嗓子怕是要唱啞啦！』

「你累了？」

『我、我才不累！』嗚音大作，琴有些氣惱，『我只是……那個，對了！我只是有點肩頸痠痛！』

肩頸痠痛？

聽到琴的抱怨，赤染挑了挑眉，「你何來肩頸一說？」

『欸，這只是一種比喻……』尷尬了，琴現在才想起自己不但沒有肩膀，好像也沒有頸子這種東西，『總之，停一下吧，否則不管你本錢再雄厚，這麼揮霍下去也是會坐吃山空的！』

「這個成語似乎不是這麼用的。」

『意思到就好了嘛！你管他那麼多！』琴惱怒道，『是休息不休息啊？不休息的話我可要罷工了！』琴音方落，琴上的七弦應聲鬆脫。

「……孤明白了，那就休息片刻吧。」

『才片刻啊？』

「要不，一盞茶。」

『至少要一炷香吧！』

「別太過分。」

『這樣會太過分喔？』琴音委屈的奏著走調的商量，如果琴有眼淚的話它應該很快就會因受潮發霉或是長香菇去，『明明只是小小小的合理要求……』弦線亂七八糟的攪成了一團。

…………

……

「……孤明白了，」赤染嘆了口氣，坐下開始將那糾結的琴弦撤去，重新編弦、搭弦，將琴給打理好再調完音估計也要一炷香的時間了，「你這是在給孤尋麻煩哪……」

『偶爾做點手工藝囉，省得你的眼裡成天只能看到這些不知悔改的紅花。』琴無弦而嗚，像是在抱怨又像在抱不平。

「遲早會悔改的。」

『多遲？又多早？』

「有朝一日。」

『什麼朝啊，這裡別說太陽，連月光都照不到的啦，』琴不客氣的吐槽，『唯一的光也就只有赤染你的渡曲凝結成的光露，偏偏在這千萬罪花裡頭根本沒有幾朵會想要去看，真是的，簡直就是做白工嘛！』而且還沒有薪水！

琴繼續抱怨，而赤染沒有應聲，只是專注地挑著要替換的弦，因為這些抱怨他早就聽了不知幾回，根據經驗，要讓琴自己閉嘴最好的方法就是不理它，等它說累了就會自己停下來了。

其實，能有這麼一張聒噪的琴相伴也是挺不錯的，至少這個空間裡頭不會只有他一個人的聲音，前幾代的古琴妖們雖然也是合作愉快，彼此之間也建立了濃厚的情誼，但相處起來卻都沒有現在這張來得有朝氣。

赤染噙著微笑想著，緩緩將自己的氣貫注於挑選好的髮弦之中，而當他剛捻完第一弦的時候，天邊出現了一抹模糊的霧色，那霧氣慢慢變濃，並且緩慢而確實地朝他的方向飄來。

這讓赤染愣了一下。

是客人。

客人，這個詞讓他既熟悉又陌生，熟悉是因為他曾經有過一個很特別很有意思的客人，或者說朋友，讓他十足的印象深刻，陌生則是因為……這裡已經很久沒有出現過客人了。

有多久呢？嗯，記不清了，畢竟這裡可是彼岸之地，因為種種原因，想要常客那是沒有的，即便是曾經的那位特別的朋友，也礙於壽限之故再也無法來訪了，唯一必須前來此處的「過客」只有那些來領魂渡橋的青燈們，但，現下並無悔悟凋零的花朵待引，這是……

『牧花者，』雲霧之中，娉婷的身影緩緩現身，『牧花者，近來可好？奴家已經抵達上任之處，依照約定前來拜訪了。』

「……是上次那位青燈？」怔然地看著青燈自半空中翩落而下，赤染感到相當意外，「妳真的來了。」他原本以為那是客套話，沒想到這位青燈真的信守了她說過的拜訪承諾，這讓赤染非常訝異。

『是的，奴家打擾到您了嗎？』

「不會，孤正打算小憩片刻。」

『這琴……壞了是麼？』緩緩移步上前，青燈看著那已經卸弦的琴身，『有什麼奴家可以幫上忙的地方不？』

「也說不上是壞……」赤染笑著敲了下琴身，「只是例行的換弦罷了。」

喀噠、喀噠……琴身不滿的震動了幾下，傳出只有赤染聽得懂的低鳴：『什麼例行換弦？你說謊不打草稿啊！』

『嘖聲。』赤染輕哼一聲，手朝琴頭一按，『你別嚇著這難得的客人。』

『我才不會，看我如此可愛的造型跟完美的──』

──啪。

赤染隨手將一張符貼了上去。

『牧花者？』看到赤染的行為，青燈不解的歪著頭，『為什麼需要貼符上去呢？此琴乃是需要收服的器物嗎？』

「不，只是這樣會安靜點。」他說，而後看向在自己面前正坐起來的青燈，「妳為何前來此處？」

『奴家答應過您，定會前來拜訪的，』青燈淡淡的說，臉上的表情沒有任何波動，是無淚者會有的表情，『所以奴家此行前來是為了實現這個承諾。』

「承諾啊……」赤染笑了一下，將第一根弦搭上，「其實妳毋須勉強自己過來，這塊地方是怎樣的場所孤很清楚，妳若覺不適，先行退去無妨。」

『不適？』青燈的大眼眨了眨，『為何會不適？奴家並不覺得身在此處有何不妥。』

「孤這裡是看守罪花的場所，總是充滿怨氣的。」

『但也充滿著您的慈悲呀。』

噔！

剛搭上的弦彈脫而出，赤染訝然地看著青燈，耳邊除了琴身震動的聲響外，就只剩下青燈繼續說話的聲音。

『奴家覺得這裡是個能洗滌己身的地方，牧花者，奴家今後還能再過來嗎？』

「……可以。」

良久，在紅花與暗夜之下，赤染聽到自己這麼說。

這裡，是離彼岸最近同時也最遠的地方，是禁錮著罪魂們的牢獄，同時也是他看守了不知道多久的場所，對他而言，除卻這片花海、無數的罪魂之外，他有的就是一個人、一張琴，然後就是無盡的時間跟歲月，跟堅定不移的初衷。

而現在，這塊地方似乎多了點什麼。

青燈在那天之後，每隔一段時間就會前來拜訪一次，這樣的頻率對妖者而言算得上是非常頻繁，雖然因為兩側的時間有著很大的落差——外界也許只是隔個幾天，紅花之地大概已經過了幾十年了——但對赤染來說，這也能算是某種程度的常客了，畢竟他沒什麼時間感。

青燈駐足的時間並不一定，但她一般都會待到下一個需要引導的妖魂出現才離開，所以幾乎每次的來訪都可以讓她在彼岸處停留好幾個年頭。

在這段來往的時間裡青燈斷斷續續地看過赤染換了幾次弦，像她在抵達東方小島後依約而至的初次來訪就正巧遇到對方在換弦，在那之後又看了一兩次，而今天……

『敬安，牧花者，』自黑幕中降下，青燈輕巧地落足於紅花之上，看著赤染正在理弦的舉動，她眨了眨那一貫清冷的視線，『弦又壞了是麼？』

「不，只是有人想罷工而已，」看著青燈的前來，赤染的笑意加深，「妳來了，引渡者可好？」

『是，一切安好，勞您掛心了，』恭敬地道，青燈翩然飄至赤然身旁正坐，一如往常地將雙手交疊至前方地面上，傾身就要行拜伏禮，『今次又來打擾您……咦？』

青燈的身子只得傾伏到一半就再也拜不下去，因為有隻大手扶住她的肩頭，讓她沒辦法拜伏叩首，這讓她疑惑的看向對方，『牧花者？』

「別拜了，孤說過，妳毋須如此多禮，」溫和地看著青燈，赤染微微搖著頭，「禮數只是一種形式，重點在於心意，妳的心意孤明白，所以這些禮……就捨了它吧。」

『這是可以捨去的嗎？』眨著大大的眼睛，青燈那反映不出任何光輝的雙眼透著詢問。

「孤說可以，就可以，」肯定的點頭，「這塊地方也就妳能稱得上是常客，老是讓客人這麼多禮數的話，孤也會覺得過意不去。」

過意不去？『奴家給您帶來困擾了？』

「不，孤很高興妳的前來，」鬆開搭在青燈肩上的手，赤染回頭繼續打理那張琴，「只是妳可以不用那麼拘謹，雖然還無所謂深交，但妳已來此參訪多次，實不至於到這般生分的地步。」

『……奴家不太明白……』無淚者的情感缺乏使青燈沒辦法理解赤染話中的訊息，可是沒關係，儘管不是很懂對方的意思，但只要照著做應當就沒問題了，『既然是牧花者的希望，那麼奴家會盡力做到。』語畢，青燈老樣子的就想伏身拜下，然後在動作到一半時她僵硬的停了下來。

習慣真是可怕的東西。

青燈很認真的檢討著，傷腦筋，她的行禮難道已經成為下意識的產物了？唉呀，這樣該怎生是好，會讓牧花者不悅的……幸好方才牧花者正專心於理弦一事，否則她現下這個禮豈不是又要讓牧花者皺眉了？

腦中糾結的轉了幾圈，在燈杖的制約之下，這種程度的糾結已經是青燈能夠達到的最高強度的思考了，沉默半晌後，她維持著這僵硬的姿勢抬頭看向臉上總是掛著笑意的赤染，語氣上有著歉然，『牧花者……能否請給奴家一點時間？』

「時間？」從琴弦中揚首，赤染看著青燈那明顯是伏身到一半硬生停下的僵硬動作，「怎麼？」

『奴家很想做到牧花者的要求，但……』重新正坐起來，青燈那無表情的臉雖然看不出變化，但卻傳達出一種苦惱的感覺，『但，奴家的身體似乎會先一步做出動作，所以，牧花者可否給奴家一點時間來練習呢？』

「練習？」

『練習如何不行禮。』青燈很認真的說。

赤染啞然，不知該說什麼，只能覺得好笑的看著青燈。

周遭出現了奇妙的靜默，良久，青燈困惑地喚了喚一直看著自己笑的赤染。

『牧花者？』

「嗯？」他應聲，視線依然停留在一臉認真的青燈身上。

『您是否願意給奴家練習的時程呢？』

輕笑，赤染搖頭，「罷了，若妳已經習慣此事，那麼非要妳改掉就是孤唐突了，」他沒想到青燈會這麼在意這件事情，隨手揮了揮，「妳就照妳想做的去做吧，不必在意孤說什麼。」

『不行。』

「嗯？」

『奴家也不願意看到牧花者的無奈之容，而且這是您對奴家的第一個要求，』腰桿挺的筆直，青燈漂亮的正坐著，『下次來訪之前，奴家會做到的。』

看著青燈認真到極點的表情，赤染再一次說不出話來。

嗡嗡的琴聲在這片奇妙的沉默中響起。

『這習慣要是改不掉的話難道就不來了嗎？真是死腦筋啊，』七弦琴心情頗佳的低鳴，『不過我喜歡，這種一根腸子通到底的個性是我理想的伴侶類型啊！赤染，快幫我搭線！』

『孤只會替你搭弦——少說些不切實際的話，』乾淨俐落的將舊弦一口氣撤下，赤染沒好氣的說，『青燈有她自己的任務在，並非可以長留於此之人。』

『什麼嘛，真可惜。』

皺眉，赤染敲琴的力道變大了，『夠了，莫再提此事。』

『切，擾人姻緣的人下輩子會被驢踢的。』嗚聲低至無聲。

那也要先有下輩子再說……

赤染低喃道，手裡開始選弦搭上。

『牧花者？』半天沒得到回應，青燈有些不安，『奴家是否太過堅持，又造成您的困擾了嗎？』

「不，妳別想太多，」輕笑一聲，赤染看著她安心下來的小臉，再看看她只是隨意綁起的髮，心緒轉了幾轉後，赤染放下手中的弦自懷中掏出一束口袋子，拉開袋口探手進去翻找起來，「妳來訪多次，對孤行了諸多禮數，孤也應當回禮才是。」

『嗯？』回禮？聽到這個詞，青燈先是一呆，而後一驚，『不用勞煩了，奴家——』

——叮鈴……

清澈的鈴聲響起，赤染的手不知何時擱在了青燈的髮上，待他將東西簪好退去後，青燈只見到自己的髮上有一銀鍊垂下，在那銀鍊上頭有一枚古鈴墜飾，鈴音便是出自於此。

『這是……』

「名曰『蒼痕』，蒼穹月舞亦落痕，蒼者觀之，痕者記之，此乃孤過去雲遊之時取得的器物，雖有鎮魂、安撫之效，如今卻也只是空放袋中，徒惹塵埃而已，不嫌棄的話，就給了妳吧。」

『怎麼會嫌棄……』有些不知所措的碰了碰那枚古鈴，一抹清冷又古老的氣息頓時旋繞於青燈身旁，有青絲自鈴中一閃而過，迅速纏上她觸碰古鈴的手指，隱沒，『這是……？』

「認主，看來『蒼痕』也很喜歡妳，如此甚好。」

『在前主人的淫威之下不管喜不喜歡都會認主的好嗎……』琴聲默默吐著只有赤染聽得到的槽，『雖說蒼痕的確對這青燈有好感，但送禮就送禮何必拐彎抹角……啊！難道這是你替我下的聘——』

——啪。

又是一張符紙貼了上去。

『牧花者？』為什麼每次換弦都會看到牧花者在琴上貼符？『那琴……』

「沒事，只是這樣會比較安靜。」答出與上次相同的答案，赤染看著青燈髮上的鈴，柔和地笑了笑。

『奴家謝過牧花者……』

……叮鈴……

『啊、』鈴聲止住了青燈要伏首拜下的身子，這讓她些許錯愕的抬頭，『牧花者……』

難道這古鈴是他為了自己方才提出的請求而贈的？

「如何，可還喜歡這份禮物？」

『……是的，』青燈說，無淚者沒辦法有太大的表情變化，但是她的神情明顯的放鬆下來，『謝謝您，牧花者，雖憶不起何謂喜歡的實感，但，奴家應當是喜歡的。』

重新坐直身體，她輕輕地道。

蒼痕的聲音應和著響起。

叮鈴、叮鈴……

那天之後，青色總會伴著鈴聲前來，

於是這個世界除卻深紅琴聲外，亦有青鈴傍之，

花海似乎不再那麼常咆哮了。

後記

默默的，青燈來到第二集啦！

在這本第二集裡頭呢，有一位我個人非常喜歡的角色亮相啦！沒錯！就是彼岸的那位牧花者赤染大大！

因為種種私心的緣故，第二集裡面他的戲分可以說是像坐火箭一樣地直線上升，未來也會扮演一個很重要的角色。至於他的真實身分究竟為何？當初又是為了什麼而待在彼岸的……這個就請大家慢慢期待了，總有一天會寫出來的！（欸）

在這集裡頭，稍稍帶出了一些跟爺爺有關的事情，我也很喜歡爺爺，他是個很妙的人，雖然每集開頭都會有他的一小段正經戲碼，但其實爺爺這個人跟正經這兩個字相差頗遠（笑），有關他跟牧花者過去的互動橋段部分讓我寫得很開心，也許以後會有更多的有趣事件被安慈或是紙妖發現，到時候安慈會是什麼樣的表情呢？

掠道者的襲擊在經過安慈一連串的奮鬥之後，算是告一段落了，但是，事情總是一件推一件的，從安慈接下燈杖的那刻起，起始的骨牌就已經倒下，而後一塊接一塊的，掠道者只是其中的一部分，後續的下一部分、以及下下一部分……將會慢慢地在故事中呈現出來。

當所有的骨牌倒下，鋪在地面上的會是什麼樣的風景呢？
讓我們拭目以待吧！

日京川　記於一個正在吃爌肉飯的晚上

高寶書版集團
gobooks.com.tw

輕世代 FW051
青燈02赤染於空

作　　者　日京川
繪　　者　kiDChan
編　　輯　張心怡
校　　對　王藝婷、許佳文、賴思妤
美術編輯　陸聖欣
排　　版　彭立瑋
出　　版　英屬維京群島商高寶國際有限公司臺灣分公司
　　　　　Global Group Holdings, Ltd.
地　　址　臺北市內湖區洲子街88號3樓
網　　址　gobooks.com.tw
電　　話　(02) 27992788
電　　郵　readers@gobooks.com.tw（讀者服務部）
　　　　　pr@gobooks.com.tw（公關諮詢部）
傳　　真　出版部 (02) 27990909 行銷部 (02) 27993088
郵政劃撥　19394552
戶　　名　英屬維京群島商高寶國際有限公司臺灣分公司
發　　行　希代多媒體書版股份有限公司/Printed in Taiwan
初版日期　2013年10月

國家圖書館出版品預行編目(CIP)資料

青燈. 2, 赤染於空 / 日京川著. -- 初版.
-- 臺北市：高寶國際, 2013.10-
面；　公分. -- (輕世代；FW051)

ISBN 978-986-185-910-1(平裝)

857.7　　　　102012680

三日月

三日月

GOBOOKS
& SITAK
GROUP ©